NOUVELLE

PROSODIE LATINE

PAR

L. QUICHERAT

AUTEUR DU TRAITÉ DE VERSIFICATION LATINE
ET DU THESAURUS POETICUS LINGUÆ LATINÆ

Trentième édition

PARIS

LIBRAIRIE HACHETTE ET Cⁱᵉ

79, BOULEVARD SAINT-GERMAIN, 79

1885

NOUVELLE
PROSODIE LATINE

AUTORISATION UNIVERSITAIRE

Extrait de la lettre adressée à M. L. Quicherat, pour lui notifier la décision du Conseil de l'Instruction publique relative à sa NOUVELLE PROSODIE LATINE.

Paris, le 27 juillet 1839.

Monsieur,

La *Nouvelle Prosodie latine* que vous avez présentée à l'adoption universitaire a été examinée en séance du Conseil de l'Instruction publique, le 5 juillet dernier.

Je vous annonce avec plaisir que, d'après la délibération du Conseil à laquelle j'ai donné mon approbation, l'usage de votre Prosodie est autorisé pour l'enseignement des collèges.

Recevez, Monsieur, etc.

Le Ministre de l'Instruction publique,

VILLEMAIN.

4527. — BOURLOTON. — Imprimeries réunies, A, rue Mignon, 2, Paris.

NOUVELLE

PROSODIE LATINE

PAR

L. QUICHERAT

AUTEUR DU TRAITÉ DE VERSIFICATION LATINE
ET DU THESAURUS POETICUS LINGUÆ LATINÆ

Trentième édition

<hr>

PARIS

LIBRAIRIE HACHETTE ET CIE

79, BOULEVARD SAINT-GERMAIN, 79

1885

PRÉFACE.

Une *Prosodie* était une introduction nécessaire à mon
Traité de versification latine. Aussi, quand je rédigeais
ce dernier ouvrage, je recueillais déjà des notes en vue
du premier; mais bientôt, absorbé par la composition
si laborieuse de mon *Thesaurus poeticus*, je fus obligé
d'ajourner cet opuscule. J'y reviens aujourd'hui, beaucoup mieux préparé pour le faire, puisque, avant d'établir les règles de la quantité latine, j'ai vu se dérouler
à mes yeux tous les faits prosodiques. Ce n'est pas seulement un traité élémentaire que je veux tirer de ces
longues études. La prosodie latine n'a point fait un pas
depuis Despautère : bien des choses ont été omises;
bien des erreurs sont en circulation ; plusieurs ques-
tions épineuses ont besoin d'être discutées avec détail
et impartialité. Depuis longtemps je désire couronner
mes travaux sur la poésie latine par la publication d'un
volume fort étendu, où seront exposés de la manière la
plus complète les principes de la quantité. Je ne renonce point à l'espoir de reprendre cette idée, dont bien
d'autres soins m'ont forcé jusqu'ici d'ajourner la réali-
sation.

Si mon intention n'eût pas été de rédiger une Prosodie pour les classes, j'y aurais été déterminé par les
exhortations flatteuses d'un grand nombre de professeurs. La simplicité, la netteté, qui faisaient le mérite
des Prosodies de Lechevallier, Tuet, Rey, ne se retrou-
vent pas dans certaines Prosodies plus récentes, où l'on
s'est trop préoccupé de quelques difficultés, de quel-

ques anomalies, en sorte qu'on s'est jeté dans des discussions qui entravent sans profit la marche d'un livre élémentaire.

Quoique l'ouvrage que je présente au public ait deux fois l'étendue de la Prosodie de Lechevallier, il n'y est question que du vers *hexamètre* et du vers *pentamètre*. Il m'a paru entièrement inutile d'exposer à des élèves de quatrième la composition des autres vers, quand à peine on en dit un mot aux rhétoriciens ; d'ailleurs cet exposé est d'ordinaire si incomplet, si inexact, que de pareilles notions seraient funestes si elles n'étaient pas superflues. Je n'ai pas cru, non plus, qu'il convînt de faire entrer dans ce livre des *observations sur l'élégance et la beauté du vers*, sur le choix des expressions et celui des différentes cadences (chapitre emprunté à Rollin par Lechevallier et ses successeurs). Ces enseignements ne sauraient s'adresser aux élèves qui commencent ; et d'ailleurs, pour être fructueux, ils demandent plus de développements. Je renvoie pour cet objet à mon *Traité de Versification latine*. Ainsi je me tiens constamment dans le point de vue élémentaire ; mon unique objet est de faire connaître les règles de la quantité et la structure matérielle des deux mètres que l'on cultive dans nos colléges.

Il est dans l'usage des Prosodies classiques de joindre au précepte un vers qui le confirme. On pourrait s'abstenir de donner des exemples ; mais dès qu'on les admet, et cette méthode me paraît préférable, il faut que ces exemples légitiment ce qui est dans la règle. Assurément, lorsque celle-ci ne contient que des cas analogues, un vers, comme application, est suffisant. Je suppose qu'on fasse une citation pour prouver la quantité de la dernière syllabe dans *musa* : il est bien clair que cette citation servira pour *mensa, rosa, bona, libera*, etc. Mais si la règle s'applique à différents cas de la déclinaison ou de la conjugaison, si elle englobe différentes parties du discours, il revient à peu près au même de citer un seul vers ou de n'en pas citer du tout.

Ainsi, après avoir établi que *is* final est bref dans *is* (*ejus*), *orbis, tristis, patris, quis, accipis, amatis, dixeris, bis, satis*, si vous donnez un exemple pour *orbis*, tout le reste manquera d'autorité. Il m'a donc paru nécessaire de citer plusieurs exemples à l'appui des règles qui embrassent des éléments si complexes. D'ailleurs, quand les élèves ont besoin de se former l'oreille à la cadence du vers latin, il n'y a que de l'avantage à meubler leur mémoire de vers bien faits.

J'ai remarqué dans les ouvrages analogues que certaines règles étaient assez souvent restreintes par des exceptions aussi larges qu'elles ; dans ce cas, il devient difficile de dire quelle est la règle et quelle est l'exception : l'une pourrait avec autant de raison être prise pour l'autre. J'ai évité cet inconvénient en me contentant d'énoncer les faits, et je les ai rattachés, suivant leur caractère, à des règles différentes.

Pour la structure du vers hexamètre, je suis entré dans des détails minutieux, qui, je l'espère, faciliteront le travail des élèves et même celui des professeurs. J'ai donné plusieurs exemples, dans lesquels j'ai conduit, pour ainsi dire, par la main l'enfant qui débute dans la carrière. Je lui ai montré différents chemins pour arriver au but, lui signalant successivement tous les écueils semés sur sa route. Je crois que cette Prosodie a un caractère *pratique* que n'ont pas les ouvrages du même genre ; j'ai dévoilé plus patiemment que mes devanciers l'anatomie du vers hexamètre.

C'est avec un vif sentiment de gratitude que je présente ce nouveau travail à MM. les professeurs de l'Université. Il m'est doux de proclamer que je leur dois beaucoup, pour l'estime et l'appui qu'ils ont accordés à mes précédentes publications.

Septembre, 1839

TABLE DES MATIÈRES.

NOUVELLE
PROSODIE LATINE.

NOTIONS PRÉLIMINAIRES.

Une pièce de poésie se compose de vers, les vers de mots, les mots de syllabes, les syllabes de lettres.

Un vers est un assemblage de mots mesurés et arrangés selon certaines règles fixes et déterminées.

Une syllabe est proprement la réunion d'une ou de plusieurs consonnes avec une voyelle, comme *do, in, sed, ars;* mais, par extension, l'on donne souvent le nom de syllabe à une simple voyelle : ainsi l'on dit que le mot *di-u* a deux syllabes [1].

Un mot d'une seule syllabe est un *monosyllabe,* comme *a, mons, flos.* Un mot de deux syllabes est un *disyllabe* [2], comme *amo, flores.* Un mot de plusieurs syllabes est un *polysyllabe.*

On appelle *finale* la syllabe qui termine un mot, *pénultième* l'avant-dernière syllabe, et *antépénultième* celle qui précède l'avant-dernière.

1. Priscien, p. 565 : *Syllaba est comprehensio litterarum consequens, sub uno accentu et uno spiritu prolata. Abusivè tamen etiam singularum vocalium sonos syllabas nominamus.*

Disyllabe, trisyllabe ne doivent prendre qu'une seule *s,* comme *monosyllabe, polysyllabe,* et l'on n'a pas plus le droit d'écrire *dissyllabe,* pour éviter la prononciation *dizyllabe,* qu'on n'a celui d'écrire *monossyllabe, polyssylabe.*

Dans une langue quelconque, les mêmes voyelles, tout en conservant le même son, se prononcent dans tel mot avec plus de rapidité que dans tel autre. En français nous avons nos syllabes *brèves* et nos syllabes *longues* : l'oreille les distingue sans peine, indépendamment du signe dont les voyelles longues peuvent être parfois surmontées. Ainsi nous remarquons une différence sensible entre la prononciation des mots *patte, natte, cotte, trompette, lit, table,* et celle des mots *pâte, jaunâtre, côte, tempête, lie, accable.* La même différence existait pour les Latins entre les mots *os* (*ossis*), *pater,* et les mots *ōs* (*oris*), *māter.*

La brève valait la moitié de la longue : on restait *un temps* de la mesure sur la première, et *deux temps* sur la seconde [1].

La distinction des brèves et des longues n'entre pour rien dans le système de la versification française [2], où l'on se contente de compter les syllabes. Mais le système de la versification latine repose sur le mélange des brèves et des longues fait suivant certaines règles. Il est donc nécessaire, pour construire un vers latin, de connaître préalablement quelles sont les brèves ou les longues qui entrent dans chaque mot, c'est-à-dire la *quantité* de chaque syllabe.

La *prosodie* est la prononciation régulière des mots conformément à leur quantité [3].

---

1. Primitivement la longue s'écrivait en redoublant la brève : *maater* pour *mater, veenit* pour *venit* au parfait. Pareillement en français on écrivait anciennement *aame, baailler,* au lieu de *âme, bâiller.*

2. Il suffit d'y avoir égard pour la rime; et encore ne règne-t-il pas sur ce point une grande rigueur, puisqu'on trouve dans nos meilleurs poëtes des brèves rimant avec des longues.

3. Pour plus de rigueur, il faudrait dire : *conformément à l'accent et à la quantité;* car le mot grec προσῳδία, *accentus,* comprenait aussi et surtout l'*accent tonique.* Cependant, comme il n'est pas question de

En latin, outre les syllabes brèves et les syllabes longues, il y a les syllabes *communes*, c'est-à-dire qu'on peut faire brèves ou longues à volonté.

Nous marquons la brève par un *c* renversé, ă ; la longue par un petit trait horizontal, ā ; la commune par les signes de la brève et de la longue réunis, ā̆. Exemple : *Păter, māter, tenĕbræ.*

Les vers latins se composent d'un certain nombre de *pieds*. Les pieds sont la réunion de plusieurs brèves ou de plusieurs longues, ou de brèves et de longues. On en distingue six principaux, les uns de deux syllabes, les autres de trois.

PIEDS DE DEUX SYLLABES.

L'*Iambe* (une brève et une longue), *dĕō*
Le *Trochée* (une longue et une brève), *ārmă*.
Le *Spondée* (deux longues), *gaūdēnt.*

PIEDS DE TROIS SYLLABES

Le *Tribraque* (trois brèves), *ăgĭlĕ*.
L'*Anapeste* (deux brèves et une longue), *pă-tĭēns.*
Le *Dactyle* (une longue et deux brèves), *cār-mĭnĕ.*

Le *dactyle* et le *spondée* sont les pieds les plus usités [1].

On distingue plusieurs sortes de vers : le vers *Hexamètre*, le vers *Pentamètre*, le vers *Iambique*, le vers *Alcaïque*, le vers *Saphique*, le vers *Trochaïque*, le vers *Anapestique*, etc.

La *métrique* enseigne quels pieds ou quels mè-

---

l'accent dans les règles des versifications anciennes, on a restreint le mot *prosodie* à la science de la quantité. .

1. Il y a aussi des pieds de quatre syllabes. Voyez le Tableau complet des pieds, chap. XXV.

tres conviennent à chacun de ces vers. Nous ne nous occuperons dans cet ouvrage que du vers *Hexamètre* et du *Pentamètre*[1].

CHAPITRE PREMIER.

DU VERS HEXAMÈTRE.

Le vers *Hexamètre*[2] est composé de six pieds. Les quatre premiers sont indifféremment dactyles ou spondées ; le cinquième est un dactyle, et le sixième un spondée[3]. Exemple :

Mulcebant zephyri natos sine semine flores. **O.**

Pour s'assurer si ce vers est régulier, il faut le *scander*, c'est-à-dire le décomposer en ses différents pieds.
Scandez :

 1   2   3 4   5   6
Mūlcē-|-bānt zĕphў-|-rī nā-|-tōs sĭnĕ | sēmĭnĕ | flōrēs.

Autres exemples :

Ōmnĭbŭs|ūmbră lŏ-+-cīs ădĕ-+-rō ; dăbĭs, |īmprŏbĕ, |pœnās. **V.**
Sāxō-|-sās īn-+-tēr dē-|-cūrrūnt | flūmĭnă | vāllēs. **V.**

On peut faire brève ou longue la dernière syl-

---

1. Pour les autres vers voyez le *Traité de Versification latine.*

2. *Hexameter* ou *Hexametrus*, ἑξάμετρος, de ἕξ, six, et μέτρον, mètre. Ce vers se nomme encore *héroïque* (*heroicus* ou *herous*).

3. Un vers hexamètre qui n'a de spondée que le dernier pied est composé de *dix-sept* syllabes ; celui qui n'a de dactyle que le cinquième pied ne compte que *treize* syllabes. On voit combien ce système diffère du système moderne.

labe de tout vers. Ainsi le *spondée* final du vers hexamètre peut être remplacé par un *trochée*. Ex. :

Nos patriæ fines et dulcia linquimus ārvă. V.

O Melibœe, deus nobis hæc otia fēcĭt. V.

Remarque. Quelquefois le vers hexamètre est *spondaïque*, c'est-à-dire que le cinquième pied est un spondée. Dans ce cas, le quatrième pied est presque toujours un dactyle. Ex. :

Constitit, atque oculis Phrygia āgmĭnă cĭrcŭmspexit. V.

CHAPITRE II.

DU VERS PENTAMÈTRE.

Le vers *Pentamètre*[1] se divise en deux *hémistiches* ou moitiés de vers, composés chacun de deux pieds et d'une syllabe longue. Les deux pieds du premier hémistiche sont dactyles ou spondées ; ceux du second sont toujours dactyles. La dernière syllabe peut être brève, comme dans le vers hexamètre. Ex. :

Tempora si fuerint nubila/solus eris. O.

Scandez :

Tēmpŏră ! sī fŭĕ-|-rīnt || nūbĭlă, | sōlŭs ĕ-|-rĭs.

---

1. *Pentameter* ou *Pentametrus*, πεντάμετρος, de πέντε, cinq, et μέτρον, mètre ou pied. Ce nom lui vient d'une ancienne manière de scander ; on le disait composé de deux pieds (dactyles ou spondées), d'un spondée et de deux anapestes, en tout *cinq* pieds :

$$\overset{1}{\text{Tempora}} \mid \overset{2}{\text{si fue}} + \overset{3}{\text{rint nu}} + \overset{4}{\text{bila, so}} + \overset{5}{\text{lus eris.}}$$

Le vers *Pentamètre* est toujours précédé d'un *Hexamètre.* La réunion de ces deux vers forme un *distique.* Ex. :

> Donec eris felix, multos numerabis amicos ;
> Tempora si fuerint nubila, solus eris O.

CHAPITRE III.

DE L'ÉLISION.

Quand un mot terminé par une voyelle, une diphthongue ou une *m,* est suivi d'un mot commençant par une voyelle, sa finale ne compte pour rien dans la mesure du vers : il y a *élision*[1]. Ex. :

> Fortia*que* adversis opponite pectora rebus. H.
>
> Ænead*œ* in ferrum pro libertate ruebant. V.
>
> Heu ! ma*gnum* alterius frustra spectabis acervum ! V

Scandez :

> Fōrtĭă-|-qu' ādvēr-|-sīs ōp-|-pōnĭtĕ | pēctŏră ˌ rēbŭs.
> Ænĕă-|-d' īn fēr-|-rūm prŏ | lībĕr-|-tātĕ rŭ-|-ēbānt.
> Heū ! mā-|-gn' āltĕrĭ-|-ūs frū-|-strā spē-|-ctābĭs ă-|-cērvŭm !

Dans ces vers, les syllabes *que, dœ, gnum* sont élidées[2].

---

1. En français, nous élidons pareillement la finale du premier mot dans *l'homme, qu'il, l'âme, s'il,* pour *le homme, que il, la âme, si il.*

2. Les anciens désignaient par deux noms différents l'élision de la voyelle et celle de l'*m.* La première était appelée *synalœphe,* συναλοιφή, et la seconde *ecthlipsis,* ἐκθλιψις. Les Prosodies modernes ne tiennent plus compte de cette distinction, qui a paru inutile.

Le vers suivant a deux élisions :

Effer *aquam* et molli cin*ge* hæc altaria vittâ. V.

Ēffĕr ă-|-qu' ēt mōl-|-lī cīn-|-g' hæc āl-|-tărĭă | vīllă.

Le suivant en a trois :

Il*lum* etiam lau*ri*, il*lum* etiam flevêre myrĭcæ. V.

īll' ĕtĭ-|-ām laū-|-r', īll' ĕtĭ-|-ām flē-|-vērĕ mў-|-rīcæ.

Remarques. 1° En général, l'élision n'a pas lieu dans le corps d'un mot : *Pollĭo, Ēōŭs, Æăŭs, Prĭămēĭă,* etc.

2° Quand une finale qui s'élide est précédée d'une voyelle, la finale seule doit être élidée[1]. Ex. :

īlle ĕtĭ-|-*am* ēxstīnctō mĭsĕrātūs Cæsărĕ Rōmăm. V.

Pōllĭo, ĕt | īncĭpĭēnt māgnī prōcēdĕrĕ mēnsēs. V.

3° L'élision n'a pas lieu d'un vers à l'autre :

O tantùm libeat mecum tibi sordida rură
Atque humiles habitare casas, et figere cervos! V.

4° Les interjections *o, heu*[2], *ah, proh, io,* ne souffrent pas l'élision. Ex. :

O pater, ō hominum divûmque æterna potestas! V.

Heū! ubi pacta fides? ubi quæ jurare solebas? O.

Āh! ego ne possim tanta videre mala! Tɪʙ.

---

1. De même dans la versification française, quoique l'hiatus soit sévèrement interdit, il reste quelquefois des hiatus réels après l'élision de la muette :

Hector tomba sous lui, *Troie* expira sous vous. Rᴀᴄɪɴᴇ.

2. Hors ce cas, les poëtes ne mettent jamais une voyelle après la diphthongue *eu*, qu'on trouve dans les mots *Orpheu, Theseu,* etc. Les mots *neu* et *seu* se changent en *sive, neve,* devant une voyelle.

Quelquefois l'interjection *o* s'abrége devant une voyelle :

> Te Corydon, ŏ Alexi : trahit sua quemque voluptas. **V.**
>
> Tu quoque, ŏ Eurytion, vino, centaure, perîsti. **PROP.**

5° Dans les mots composés d'une préposition terminée par une voyelle et d'un primitif commençant par une voyelle, la préposition devient brève ou elle s'élide. Ainsi l'on dit : *Dĕīnde* ou *deīnde*, *dĕhīnc* ou *dehīnc*, *prŏīnde* ou *proīnde*. Ex. :

> In Mamurrarum lassi deīnde urbe manemus. **H.**
>
> Cogitat, ut speciosa dĕhīnc miracula promat. **H.**
>
> Oscula libavit natæ, debīnc talia fatur. **V.**

Certains mots n'ont que l'une de ces deux quantités, comme *deēst*, *dĕhīsco*, etc. Il faut à cet égard s'en référer à l'autorité des bons poëtes[1].

6° L'élision a encore lieu dans un petit nombre d'autres mots composés, tels que *sēmiănĭmis*, *sēmiūstus*[2], *ānteīre*, *ānteāctus*, *bĕneŏlens*, *grăveŏlens*[3].

---

1. Voy. ci-après, chap. XI et XIII. J'ai indiqué avec le plus grand soin dans mon *Thesaurus poeticus linguæ latinæ* la véritable quantité de ces mots.

2. On écrit aussi *semanimis*, *semustus*, comme on écrit toujours *semuncia*, et non *semiuncia*.

3. Quelquefois l'élision se trouve faite dans le mo *circumire*; mais alors il vaut mieux écrire *circum ire*. Les Comiques élident toujours la première dans *quamobrem*, *quemadmodum*, *tametsi*.

CHAPITRE IV.

DE LA CÉSURE.

On appelle *césure*[1] une syllabe longue qui finit un mot et commence un pied. Ex. :

Tityre, tu patu-*læ* recu-*bans* sub tegmine fagi,
Silve-*strem* tenu-*i* mu-*sam* meditaris avenâ. V.

Les syllabes *læ*, *bans*, *strem*, *i*, *sam*, sont des césures.

Le vers hexamètre peut avoir trois césures, qui seront placées après les trois premiers pieds. Il exige au moins, soit une césure après le second pied, soit deux césures qui se trouveront après le premier pied et après le troisième. Ex. :

Ludit in | huma-|-*nis* di-|-vina po-|-tentia | rebus. O.

Ode-|-*runt* pec-|-care bo-|-*ni* vir-|-tutis a-|-more. H.

Dans ce dernier cas, le troisième pied est ordinairement un dactyle[2].

---

1. Dans cet emploi du mot *césure*, on l'a détourné de son sens primitif. Césure, *cæsura*, signifie *coupure*, et indique, par conséquent, non la dernière syllabe d'un mot, mais la séparation entre deux mots. Ainsi, dans le dernier vers cité, la césure a lieu après les mots *patulæ* et *recubans*. Mais l'autre façon de s'exprimer est généralement reçue, parce qu'elle est commode. On dit qu'un vers *n'a pas de césure* quand il n'offre pas de syllabe qui finisse un mot et commence un pied.

2. Il faut encore observer qu'alors le mot qui fait césure sur le quatrième pied est un mot de deux syllabes, ayant la quantité d'un iambe, *boni*. Les anciens indiquaient bien cette circonstance quand ils appelaient cette césure *secundùm tertium trochæum*, c'est-à-dire s'arrêtant sur le troisième trochée : *Oderunt peccare*. S'il n'y a pas au troisième pied un trochée terminant un mot, le vers n'a plus la même harmonie, comme on le voit par l'exemple suivant :
Docte Cati, per *amicitiam divosque rogatus*. H.

Si une syllabe qui devait faire césure se trouve élidée, la césure disparaît.

Nunc age, luxuri-*am* et Nomentanum arripe mecum. H.

CHAPITRE V.

RÈGLES GÉNÉRALES DE LA QUANTITÉ.

RÈGLE I.

Sont longues toutes les diphthongues, comme *fœdus, prǣtor, paūlo, heī, huīc, Maïa, Harpyïæ.*

Sicelides Musæ, paūlo majora canamus. V.

O Melibœe, deus nobis hæc otia fecit. V.

Heī mihi ! qualis erat ! Quantùm mutatus ab illo. V.

Huīc a stirpe pedes temo protentus in octo. V.

Et patrio insontes Harpyïas pellere **regno.** V.

Exceptions. 1° Les deux lettres *qu* faisant l'office d'une simple articulation, l'*u* ne forme pas une diphthongue avec la voyelle suivante, en sorte que cette voyelle peut être brève : *quăter, quĕror* [1].

2° Dans les mots composés de *præ* dont le simple commence par une voyelle, la préposition s'abrége, comme dans *prǣacutus, prǣustus, prǣest,* etc. Ex. :

Stipitibus duris agitur sudibusve prǣustis. V.

Nec totâ tamen ille prior prǣeunte [2] carinâ. V.

---

1. Voy. ci-après, p. 22.

2. C'est à tort que Stace a fait la première longue dans *prœiret.* Ca-

Quos ubi viderunt præacutæ cuspidis hastas
In caput Hæmonii juvenis torquere paratos. O.

RÈGLE II.

1° Toute voyelle est longue quand elle est suivie d'une lettre double, *x* ou *z*, d'un *j*, ou de deux
consonnes dont la seconde n'est pas une liquide *l*,
r, comme *dŭlcia, lĭnquŭnt, āxis, gāza, mājor.*
Ex. :

Êxsilioque domos et dūlcia limina mutānt. V

Ōccidet et serpēns et fāllāx hērba veneni. V.

Hæc fatus, duplicem ēx humeris rējecit amīctum. V

At medias īnter cædes ēxsultat Amāzon. V.

Exception. On excepte les mots *bĭjugus, qua-
drĭjugus* [1], *jurĕjurando.* Ex. :

Interea bĭjugis infert se Leucagus albis. V.

Centum quadrĭjugos agitabo ad flumina currus. V

2° Une voyelle suivie de deux consonnes dont
la seconde est une liquide *l*, *r*, est assez souvent
commune : *pătris, tenĕbræ, nĭgrum, pŏples, volŭ-
cris* [2]. Ex. :

Et primò similis volŭcri, nunc vera volūcris. O.

---

tulle l'avait élidée dans *præoptârit.* Ovide et Sénèque ont abrégé la
diphthongue de *Mæotis.*

1. Il faut observer que notre *J* restait, chez les Latins, une voyelle
dans le corps des mots. Au lieu de *major, pejor, ejus,* on écrivait
primitivement *maiior, peiior, eiius;* plus tard on a remplacé ces deux
i par un grand *i* : *maĩor, Pompeĩus.* Comme l'*i* formait diphthongue
avec la voyelle précédente, il en résultait nécessairement une longue
mai-or, pei-or. Mais au commencement des mots, l'*i* devenait consonne : *Jovis, jugum.* D'où il suit que dans les mots composés *bi-ju-
gus,* etc., la brève ne se trouve pas effectivement devant une consonne
double ; car le *j* est une voyelle double, mais une consonne simple.

2. Il faut bien remarquer que .a liquide doit être la *seconde* des deux

Natum ante ora pătris, pātrem qui obtruncat ad aras. V.

Ātlantis duri,. cœlum qui vertice fulcit. V.

Hesperiam Calpen summumque implevıt Ātlanta[1]. Luc.

3° Mais la voyelle suivie d'une muette et d'une liquide reste longue si elle était longue de nature, comme dans les mots *māter, mātris; frāter, frātris; ācer, ācris; salūber, salŭbris*, etc.

Elle est encore longue dans les mots composés d'une préposition, comme *āb-luo, ōb-ruo, sūb-rideo, sūb-lustris*.

Enfin elle est longue dans les mots qui reproduisent quelque terminaison verbale primitivement longue, comme *arātrum,* de *arātus; ambulācrum, venātrix, bellātrix, creātrix,* dérivés également d'un verbe de la première conjugaison; *involūcrum,* de *involūtus,* etc.

Elle reste ordinairement brève dans les compo-sés de *rĕ*[2], comme *rĕcreo,* etc.

Il faut toujours consulter le dictionnaire pour savoir si une voyelle suivie d'une muette et d'une liquide peut être commune. L'étymologie ou sim-plement l'usage veulent assez souvent qu'elle n'ait qu'une seule quantité, comme on le voit dans les mots *theātrum, Hēbrus, octōbris, sōbrius, sōbrietas* [3], etc.

4° Une finale brève terminée par une consonne,

---

consonnes; autrement la voyelle suivie de deux consonnes est longue, d'après la règle générale : *fert, ars, vult.*

1. Dans certains mots tirés du grec, les Latins conservent quelquefois la faculté d'abréger la voyelle quand la seconde consonne est une des liquides *m* ou *n*. Ainsi l'on trouve *Procne, cycnus, Tecmessa, ichneumon,* avec la première syllabe brève.

2. Voy. ci-après, chapitre XI, p. 59.

3. On devra toujours suivre les meilleures autorités. Dans les bons auteurs *genitrix* abrége toujours la seconde; au contraire, *fragrans* allonge la première.

comme *agĕr*, *spumăt*, *myrtŭs*, etc., devient longue toutes les fois qu'elle est suivie d'un mot
commençant par une consonne, parce qu'alors la
voyelle se trouve effectivement suivie de deux consonnes. Ex. :

> Floret agĕr, spumăt plenıs vindemia labrıs. V
>
> Nēc myrtŭs vincēt corylos, nēc laurea Phœbi. V.

Cette règle s'appelle la *règle de position*. Dans
bonus la finale n'est brève que conditionnellement[1];
elle est brève absolument dans *bona*.

Remarque. Quoique la lettre *h* soit une consonne, elle n'influe en rien sur la quantité des syllabes, et dans le cas présent elle n'allonge pas la
finale brève. Ex. :

> Proterit, aut raptas fugientıbus ingerĭt bastas. V.
>
> Clarescunt sonitus, armorumque ingruĭt horror V.
>
> Arbŏr habet frondes, pabula sempĕr humus. O.

5° En conséquence de la règle générale qui veut
que toute voyelle suivie de deux consonnes, dont
la seconde n'est pas une liquide, soit longue, il
faut éviter avec le plus grand soin de placer après
une finale brève un mot commençant par deux
consonnes dont la seconde n'est pas une liquide,
tel que *scelestus*, *scribo*, *squama*, *sperno*, *statim*,
ou par une lettre double. Ainsi l'on ne mettra jamais : *illĕ stătim*, *mœniă scandit*, etc.

Mais si la seconde des consonnes initiales est
une liquide, le mot précédent peut très-bien finir
par une brève. Ex. :

> Taliă flammato secum dea corde volutans. V.
>
> Dî patrii, quorum semper sub numinĕ Troja est. V.

---

1. On disait dans les anciennes prosodies : *us*, daos *bonus*, ost brof
sı sequatur, c'est-à-dire si une voyelle vient après.

Une brève peut être également suivie d'un mot commençant par un *j*, lequel, comme nous l'avons dit, n'est pas une consonne double :

Infandum, regĭnă, jubes renovare dolorem. V.

Fas mihi Graiorum sacrata resolverĕ jura. V.

La lettre *m* étant mise par les Grecs au nombre des liquides, les Latins ont placé fréquemment le mot *smăragdus* après une syllabe brève :

In solio Phœbus claris lucentĕ smaragdis. O.

Terga sedent crebro maculas distinctă smaragdo. Luc

RÈGLE III.

Une voyelle suivie d'une autre voyelle dans le même mot est brève, comme *Danăus, mĕus, impĭus, Pirithŏus, tŭus*. Ex. :

Impĭaque æternam timŭerunt sæcula noctem. V.

Cardŭus, et spinis surgit palĭurus acutis. V.

O Melĭbœe, dĕus nobis hæc otĭa fecit. V.

Quand les deux voyelles sont séparées par une *h*, elles sont néanmoins considérées comme se suivant immédiatement :

Vellera' sæpe eadem Tyrio medicantur ăheno. O.

Vir bonus et prudens versus reprĕhendet inertes. H.

Exceptions. 1° L'*u* qui suit immédiatement la lettre *q* ne compte pour rien dans la mesure : *quā-re, quæro, quĕror, quĭbus, quŏtus, ĕquŭs*. Ex. :

Instar montis ĕquūm divinâ Palladis arte. V.

Après la lettre *g*, la valeur de l'*u* est variable.

Il ne compte pas pour une syllabe dans *lĭnguă*
lānguĕo, lānguŏr, ānguĭs, sānguĭs. Ex. :

> Et volucrum līnguās, et præpetis omnia pennæ. V.
> Sed laxos referunt humeris lānguēntibus arcus. V.

Il compte pour une syllabe dans les adjectifs en
guus, comme *rigŭus, exigŭus, ambigŭus*, dans *argŭo*,
et dans tous les parfaits en *gui*, comme *vigŭi, pigŭit*[1],
langŭi. Ex. :

> Pulveris exigŭi jactu compressa quiescent. V.
> Imposito fratri moribunda relangŭit ore. O.

2° La lettre *u* n'a pas de quantité dans un certain
nombre de mots que l'usage apprendra, tels que
suāvis, suādeo, suētus, et ses composés *assuētus,
consuētus*. Ex. :

> Tum casiâ atque aliis intexens suāvibus herbis. V.
> Assuēti longo muros defendere bello. V.

3° *Ē* est long au génitif et au datif singulier de la
cinquième déclinaison quand il se trouve placé entre
deux *i*, comme *diēi*. Ex. :

> Nunc adeó melior quoniam pars acta diēi. V.

Autrement il est bref, comme dans *rĕi, fidĕi*.

> Unum pectus habent fidĕique immobile vinclum. MANIL

4° *I* est long dans les temps du verbe *fio* où *r* ne

---

1. Ajoutez *indigui, egui, rigui*. La quantité donnée à l'*u* de *languit*
distingue le parfait du présent *languet*. Priscien (p. 865) remarque que
langueo et *langui* ont le même nombre de syllabes, et il cite le vers
d'Ovide.

se trouve pas; il est bref dans les autres temps
Ex. :

Omnia jam fīent, fīeri quæ posse negabam. O.

5° *I* est commun dans les génitifs en *ius*, comme
illĭus, nullĭus, unĭus. Ex. :

Unĭus ob noxam et furias Ajacis Oilei. V.

Navibus, infandum, amissis unīus ob iram. V.

Remarque. I est toujours long dans le génitif
alĭus, et presque toujours bref dans *altcrĭus.*

6° Sont encore longues les voyelles latines qui
remplacent les voyelles grecques *ĕta, oméga,* ou la
diphthongue *ei,* comme dans *Trōes*[1], *herōes,
Ænēas, Priamēius, Thesēus* (de Thésée), *Tha-
lĭa.* Ex. :

Nostra nec erubuit silvas habitare Thalīa. V.

Poculaque inventis Achelōia miscuit uvis. V.

O felix una ante alias Priamēia virgo! V.

O mihi Thesēâ pectora juncta fide! O.

Remarque. Il ne faut pas confondre les adjectifs
en *ēŭs* avec les substantifs en *eūs.* Ainsi *Thēseūs*
(Thésée) donne l'adjectif *Thēseŭs, Orpheūs* (Or-
phée) donne *Orpheŭs,* etc.

7° Les voyelles *a, i, y,* suivies d'une autre voyelle,
restent longues en latin quand elles l'étaient en
grec, comme dans *āer, Lycāon, Achāia, Īo, Amphĭon, dĭa*[2], *Enȳo, Cȳaneus.* Ex. :

Nec circumfuso pendebat in āere tellus. O.

Dictus et Amphĭon, Thebanæ conditor arcis. H.

Erubuit Mavors; aversaque risit Enȳo. CLAUD.

---

1. En grec Τρῶες, ἥρωες, Αἰνείας, Πριαμήϊος, Θησεῖος, Θάλεια.
2. Féminin de *dius,* δῖος.

8° La voyelle suivie d'une voyelle est encore longue dans les anciens génitifs en *ai*, comme *au-lāi*, *pictāi*, et dans le nom propre *Cāius*[1] : Ex. :

> Aulāi in medio libabant pocula Bacchi. **V.**
>
> Pervigil in plumâ Cāius ecce jacet. **MART.**

9° Les voyelles *i* et *o* sont communes dans *Orĭon*, *Dĭana*, *Marĭa*, *ŏhe*. Ex. :

> Tergeminamque Hecaten, tria virginis ora Dĭanæ **V.**
>
> Exercet Dĭana choros. **V.**

RÈGLE IV.

Toute voyelle est longue quand il y a *contraction* ou *crase*, c'est-à-dire fusion de deux voyelles en une seule; *synérèse*, c'est-à-dire prononciation rapide de deux voyelles écrites, de manière à ce qu'elles ne forment qu'une diphthongue ; ou *syncope*, c'est-à-dire suppression d'une syllabe ; comme *mī*, pour *mihi*, *dĭī* ou *dī* pour *dĭĭ*, *pĕriĭt* ou *pĕrīt* pour *pĕriĭt*, *nīl* pour *nĭhĭl*, *cōgo* pour *cŏăgo*[2], *jūnior* pour *jŭvĕnior*, *mōbilis* pour *mŏvĭbilis*[3], etc. Ex. :

> Dī, prohibete minas, dī, talem avertite casum! **V**
>
> Nīl oriturum aliàs, nil ortum tale fatentes. **H.**
>
> Caucasiasque refert volucres furtumque Promētheī. **V.**
>
> Civis obīt, inquit, multò majoribus impar. **LUC.**

---

1. On ajoute ordinairement l'interjection *eheu*; mais il est douteux que la première de ce mot puisse être longue, et je pense, d'après les manuscrits et les meilleurs critiques, que la vraie leçon est *heu heu* ou *heuheu.* Voyez *Eheu* dans le *Thesaurus poeticus.*

2. Primitivement *con-ago, cum-ago.*

3. Voy. ci-après, chapitre XIII, p. 65.

Nec tantum Rhodope miratur et Ismarus Orpheā. V

Nec quo centimanum dejecerit igne Typhōeā. O.

CHAPITRE VI.

RÈGLES PARTICULIÈRES DE LA QUANTITÉ.

DES VOYELLES FINALES.

A FINAL.

1° *A* final est bref au nominatif et au vocatif singuliers de la première déclinaison : *rosă, purpureă*[1], *poetă, Scythă;* au nominatif et à l'accusatif singulier de la troisième : *poemă, Gorgonă, Theseă;* et à tous les pluriels neutres : *templă, corporă, cornuă.* Ex. :

Temporă dinumerans, nec me meă cură fefellit. V.

Sic animis natum inventumque poemă juvandis. H.

Gorgonă desecto vertentem luminā collo. V.

Excitor, et summâ Theseă voce voco. O.

Il est encore bref au vocatif de quelques noms grecs de la première déclinaison qui ont le nominatif en *es*, comme *Atrides, Atridă; Orestes, Orestă,* dans les trois adverbes *ită, quiă, pută* (par exemple), et dans l'interjection *eiă*. Ex. :

Fecerunt furiæ, tristis Orestă, tuæ. O.

Ut binæ regum facies, ită corpora gentis. V.

Nam quiă nec fato, meritâ nec morte peribat. V

Hoc, pută, non justum est; illud malè; rectius istud. PERS.

---

1. Ce que nous dirons des substantifs sera toujours applicable aux adjectifs correspondants.

2° *A* est long à l'ablatif singulier de la première déclinaison ; au vocatif de quelques noms grecs en *as*, comme *Æneas, Æneā ; Pallas (antis), Pallā ;* à l'impératif de la première conjugaison ; dans les prépositions et les adverbes *ā, circā, ultrā ; frustrā, intereā*[1], etc. Ex. :

> Qualis populeā mœrens philomela sub umbrā. V.
>
> Quid miserum, Æneā, laceras? Jam parce sepulto. V.
>
> Dā propriam, Thymbræe, domum, dā mœnia fessis. V.
>
> Sed fugit intereā, fugit irreparabile tempus. V.

Dans certains noms en α pur, les Grecs allongent la dernière. Les Latins conservent quelquefois cette quantité, comme dans *Nemeā*[2], *Argiā, Electrā, Rheā, Tegeā* :

> Jam Nemeā, jam Tænariis contermina lucis. STAT.

3° *A* est commun, mais bien plutôt long, dans les noms de nombre : *triginta*[3], *sexaginta, etc.* Ex. :

> Trigintā magnos volvendis mensibus orbes. V.
>
> Trigintā toto mala sunt epigrammata libro. MART.
>
> Sexagintă teras quum limina manè senator. ID.

E FINAL.

1° *E* final est bref, comme dans *incipĕ, parvĕ,*

---

1. N'exceptez pas de cette règle *antea* et *postea*, dont on abrége quelquefois à tort la dernière syllabe.

2. Priscien cite plusieurs fois cet exemple à l'appui de l'exception. Voy. p. 730 et 731.

3. Les poëtes du siècle d'Auguste font toujours cette finale longue ; elle ne devient commune que du temps de Martial. Voyez ce qui sera dit ci-après sur *O* final.

*cognoscerĕ, cognoscitĕ, sedilĕ, carminĕ, illĕ, mil-
lĕ.* Ex. :

> Incipĕ, parvĕ puer, risu cognoscerĕ matrem. .V.

> Frangĕ toros, petĕ vina, rosas capĕ, tingerĕ nardo. MART.

Il est encore bref dáns les monosyllabes *quĕ, nĕ*
(interrogatif), *cĕ, vĕ*[1], dans les prépositions *sinĕ,
propĕ;* dans les adverbes *benĕ, malĕ, impunĕ,
ponĕ, sœpĕ, temerĕ, ritĕ, facilĕ*[2], *herĕ* pour *heri*
(hier), et dans l'interjection *eugĕ.* Ex. :

> Qui vitâ benĕ credat emi, quò tendis, honorem. V.

> Spemquĕ gregemquĕ simul, cunctamque ab origine gentem. V

2° *E* final est long à l'ablatif de la cinquième
déclinaison, *diē*[3]; aux nominatif, vocatif et ablatif
singuliers de la première : *Penelopē, Alcidē,
Laertiadē;* à l'impératif des verbes de la seconde
conjugaison, *monē;* dans les adverbes dérivés
d'adjectifs en *us,* comme *indignē, prœcipuē;* dans
quarē, et dans les monosyllabes *ē, mē, tē, sē, dē,
nē* (de peur que). Ex. :

> Tē, veniente diē, tē, decedente, canebat. V.

> In mediis Hecubē natorum invénta sepulchris. O.

> Conjugio, Anchisē[4], Veneris dignate superbo. V.

> Gaudē quòd spectant oculi te mille loquentem. H.

---

1. Ajoutez la désinence *pte,* dans *meâpte, tuâpte, nostrâpte,* et *te*
dans *tute,* toi-même :

> . . . . Quamvis jam corporis ipse
> *Tute* tibi partem ferias. LUCR.

2. Il en est de même de tous les adverbes venant d'adjectifs en *is.*
C'est à tort que la plupart des *Gradus* font longue la dernière de *facilè.*

3. Ajoutez le mot *fame,* qui est proprement l'ablatif de l'ancienne
déclinaison *fames, famei.* Ex. :

> Et quanquam sævit pariter rabieque *fameque.* O.

4. Les éditeurs qui mettent ici, et dans des passages analogues, *An-
chisa, Anchisiada, Philocleta,* introduisent une faute de quantité,
d'après ce qui a été établi plus haut, p. 26.

Il est encore long dans *Achillē*, *Ulyssē*, vocatifs doriens de *Achilles*[1], *Ulysses*, et dans quelques noms pluriels venant du grec, où ils étaient terminés par un *êta*, comme *Tempē*, *cetē*[2]. Ex. :

> Hæc tua Penelope lento tibi mittit, Ulyssē. O.
>
> Silva, vocant Tempē; per quæ Peneus ab imo. O.
>
> Cunctaque prosiliunt cetē, terrenaque Nereus
> Confert monstra suis. **CLAUD.**

Ajoutez les adverbes *ferē*, *fermē*; les adverbes formés de *dies*, comme *hodiē*, *pridiē*, *quotidiē*, et l'interjection *ohē*. Ex. :

> Jamque ferē sicco subductæ littore puppes. V.
>
> Prœlia; nunquam omnes hodiē moriemur inulti. V.

3° *E* final est commun dans *cavĕ*, et quelquefois dans *valĕ*, *vidĕ*[3]. Ex. :

> Nate, cavē, dum resque sinit, tua corrige vota. O.
>
> Idque quod ignoti faciunt, valĕdicere saltem. O.
>
> Vade, valē, cavĕ ne titubes, mandataque frangas. H.

I FINAL.

1° *I* final est long, comme dans *quī*, *fatī*, *cam-*

---

1. Conf. Prisc. p. 730.

2. *Tempe* pour *Tempea*, *cete* pour *cetea* (de *cetos*). On trouve encore dans Lucrèce *mele*, les chants, *pelage*, les mers.

3. L'*e* est toujours bref dans *cave sis* ou *cavesis*, *videsis* :

> Auriculas? *Videsis* ne majorum tibi fortĕ
> Limina frigescant. **PERS.**

Les Comiques abrégent encore à leur gré la dernière dans quelques impératifs de deux syllabes, comme *tacĕ*, *jubĕ*, *manĕ*, *tenĕ*. Ils font toujours cet *e* bref dans les composés *manedum*, *jubedum*.

pĭ, virtutĭ, accepĭ, audĭ[1], *dicĭ, ŭtĭ* (comme), *heri*
(hier). Ex. :

Spectatum admissī risum teneatis, amicī? II.

Nescia mens hominum fatī sortisque futuræ! V.

Sic fatur lacrimans, classīque immittit habenas. V.

Namque canebat utī magnum per inane coacta. V.

2° *I* est commun dans *mihĭ*, *tibĭ*, *sibĭ*, *ubĭ*,
ibĭ. Ex. :

Fas mihĭ Graiorum sacrata resolvere jura. V.

Musa, mihī causas memora, quo numine læso. V.

Templa tibī statuam, tribuam tibĭ turis honores. O.

I est encore commun, mais plus souvent long[2],
au datif singulier en *i* des noms venant du grec.
Ex .

Contigit hoc etiam Thetidī, populator Achilles. O.

Esurit, intactam Paridī nisi vendat Agaven. Juv.

Palladĭ littoreæ celebrabat Scyros honorem. Stat.

Luce autem canæ Tethyĭ restituor. Cat.

3° Il est bref dans *nisĭ*, *quasĭ*[3], et au vocatif des
noms grecs en *is*, comme *Daphnis, Daphnĭ; The-
tis, Thetĭ*. Ex. :

Experiar sensus; nihil hĭc, nisĭ carmina, desunt. V.

Insere, Daphnĭ, piros; carpent tua poma nepotes. V.

---

1. Les Comiques abrégent quelquefois l'*i* dans les impératifs *abi*,
redi, et toujours dans le composé *abidum*.

2. L'*i* était long d'après l'analogie de la déclinaison latine; il était
bref quand on suivait l'autorité des Grecs.

3. On trouve ces deux mots avec la dernière longue dans des poëtes
antérieurs ou postérieurs au siècle d'Auguste :

Et devicta *quasi* cogatur ferre patique. Lucr.

Mais il faut toujours suivre l'usage de la bonne époque.

Ajoutez *sicubĭ*, *nēcubĭ*[1], et *cŭĭ* lorsque le poëte en a fait deux syllabes ·

> Quis nunc diligitur, nisi conscius, et cŭĭ[2] fervens
> Æstuat occultis animus? Juv.

Mais il faut toujours faire de *cuĭ* un monosyllabe long[3].

Il est encore bref quand on retranche, suivant une ancienne licence, l'*s* finale d'une terminaison brève en *is*. Ainsi l'on pouvait mettre *fortĭ*'[au], au lieu de *fortis*, devant une consonne[4]

O FINAL.

1° *O* final est long au datif et à l'ablatif des noms et adjectifs de la deuxième déclinaison, *bellō, longō;* dans les adverbes, comme *continuō, meritō, adeō;* dans les monosyllabes *ō, dō, nō, stō, prō, quō,* et dans l'interjection *iō.* Ex.

> Assueti longō muros defendere bellō. V.
>
> Nunc adeō melior quoniam pars acta diei. V.
>
> Prō quō, si sceleris tanta est injuria nostri. V.
>
> Flumina amem silvasque inglorius. Ō ubi campi. V.

---

1. On y joint souvent *sicuti*, d'après quelques exemples controversés de poëtes antérieurs à Virgile.

2. Qu'on ne croie pas qu'il y a ici un vers *spondaïque.* Voici un passage plus positif encore de Martial :
> Sed nôrunt *cui* serviant leones.

Dans cette sorte de vers il faut un dactyle au deuxième pied.

3. Prisc., p. 961.

4.   Apta silet *cani*', fortè feram si nare sagaci
> Sensit. Ennius.

> Quid dubitas quin *omni*' sit hæc *rationi*' potestas? Lucn.

> At, fixus nostris tu *dabi*' supplicium. Cat.

Ajoutez les noms qui avaient un *oméga* en grec :
Cliō, Didō, Androgeō. Ex. :

> Quis tibi tunc, Didō, cernenti talia sensus? V.
>
> In foribus letum Androgeō[1]. V.

O final est encore long au nominatif et au vocatif des noms de la troisième déclinaison lorsque la
pénultième est longue, comme dans *virgō, temō*[2] ;
à tous les temps et à tous les modes des verbes
quand la pénultième est longue, *cantō, ibō, estō;*
au gérondif, *flendō;* dans *ergō, quandō, imō*[3],
octō, ambō, serō (adverbe). Ex. :

> Huic a stirpe pedes temō protentus in octo. V.
>
> Cantō quæ solitus, si quando armenta vocabat. V.
>
> Fortunate senex! ergō tua rura manebunt! V.
>
> Nox ruit, Ænea; nos flendō ducimus horas. V.
>
> Instabilesque imō facit, et dat posse moveri. O.

Remarque. La quantité des finales précédentes
changea sous les Césars; à partir du règne de Né-
ron, on les trouve plus souvent brèves :

> Ergŏ pari voto gessisti bella, juventus! Luc.
>
> Imperii fines, Tiberinum virgŏ natavit. Juv.

Mais ces exemples, et un très-petit nombre d'autres fournis par les poëtes du grand siècle, ne sont
pas une autorité suffisante pour qu'il soit permis
de ranger dans ce cas la finale *o* parmi les voyelles
communes

---

1. Au lieu de *Androgei* : génitif d'après la déclinaison attique, Ἀνδρόγεως, Ἀνδρόγεω.

2. Il y avait exception pour les noms propres. Catulle abrége la finale
dans *Virro*, et Ovide dans *Naso, Sulmo.*

3. La dernière de *imŏ* est ordinairement élidée dans les poëtes du
siècle d'Auguste ; elle l'est toujours dans Virgile.

2° *O* final est commun au nominatif et au vocatif des noms lorsque la pénultième est brève, comme *leo, draco ;* aux temps et modes des verbes dont la pénultième est brève : *spondeŏ*[1], *erŏ*, *dixerŏ*. Ex. :

Spondeŏ digna tuis ingentibus omnia cœptis. V.

Protinus ut moriar, non erŏ, terra, tuus. O.

3° *O* est bref dans *egŏ*[2], *duŏ*[3] ; dans les adverbes *citŏ*[4], *modŏ* et ses composés *postmodŏ, quomodŏ ;* dans *cĕdŏ* (dis), l'interjection *ehŏ*, et les verbes *sciŏ, nesciŏ, putŏ, volŏ*. Ex. :

Quos egŏ.... sed motos præstat componere fluctus. V.

Si duŏ præterea tales Idæa tulisset
Terra viros. V.

Nec citŏ credideris quantùm citŏ credere lædat. O.

Cum victore sequor. Mæcenas quomodŏ tecum? H.

Nesciŏ quis teneros oculus mihi fascinat agnos. V.

At, putŏ, per terras iter est, tantùmque dolebo. O.

Ajoutez l'ancienne préposition *endŏ*, synonyme de *in*[5].

---

1. Cependant, même dans ce cas, les poëtes du siècle d'Auguste allongent ordinairement la finale. L'exemple de *spondeo* est unique dans Virgile ; il emploie quatre fois *cano*, quatre fois *leo*, quatre fois *ago*, une fois *draco* et *traho :* nulle part il n'abrége la finale.

2. Le petit nombre d'exemples où la finale de *ego* est longue sont sans valeur.

3. Les vers dans lesquels la dernière de *duo* est longue ont une leçon controversée ou appartiennent à de mauvais poëtes.

4. Primitivement cette finale était longue, suivant la règle. On trouve avec cette quantité dans les Comiques.

5. Du grec ἔνδον. Ennius avait dit :
Endo mari magno fluctus extollere certant.

Cette quantité se conserve dans les composés *endoperator, endogredi,* pour *imperator, ingredi.*

U FINAL.

1° *U* final est long dans *tū*, à l'ablatif des noms
de la quatrième déclinaison, *luctū, manū, genū;*
aux génitif et datif des noms neutres de la même
déclinaison, *genū, cornū,* et au supin *visū*[1]. Ex. :

> Tū vatem, tū, diva, mone; dicam horrida bella. V.
> Afflictus vitam in tenebris luctūque trahebam. V.
> Et, ductus cornū, stabit sacer hircus ad aram. V.
> Nec visū facilis, nec dictu affabilis ulli. V.

Remarque. Les poëtes latins ont évité de se
prononcer sur la quantité des noms en *u* au nominatif et à l'accusatif[2]. Il faut donc, à leur exemple,
toujours placer ces nominatifs ou ces accusatifs à la
fin du vers, ou bien encore élider la voyelle finale.

U est long dans les vocatifs dérivés du grec, lorsque cette lettre tient la place de la diphthongue *ou,*
comme *Panthū, Melampū.* Ex. :

> Quo res summa loco, Panthū? Quam prendimus arcem? V.

2° *U* est bref dans l'ancienne préposition *indŭ*
(autre forme de *endo*), dans l'ancienne négation
nenŭ, et dans les anciens nominatifs terminés en *u*
par la suppression de l's : *magnŭ'* pour *magnŭs*[3]

---

1. A l'exception de *tu*, tous ces mots renferment une contraction :
l'ablatif *luctu* est pour *luctue;* *genu* au datif est pour *genui,* à l'ablatif
pour *genue;* le supin *visu* est pour *visui.*

2. Ils n'offrent aucun passage d'où l'on puisse l'établir avec certitude.
Voyez la note à la fin du volume.

3.   *Indu* manu validas potis est moderanter habenas. LUCR
      Nenu queunt rapidi contra constare leones. ID.

> Omnes mortales victores *cordibu'* vivis
> Lætantes, vino curatos, *somnu'* repentè
> In campo passim *mollissimu'* perculit acris. ENNIUS.

Induperator ou *endoperator* se trouve encore à une époque bien
postérieure :

> Romanus, Graïusque, ac barbarus *induperator.* JUV.

Y FINAL.

Cette finale ne se trouve que dans un petit nombre de mots dérivés du grec. Elle suit en latin la quantité du primitif.

1° Elle est brève dans *molў, Æpў*[1]; dans *Tiphys, Tiphў; chelys, chelў*. Ex. :

Molў vocant superi : nigrâ radice tenetur. O.

Ars tua, Tiphў, jacet, si non sit in æquore fluctus. O.

2° *Y* final est long dans *Tethȳ* de *Tethȳs, Erinnȳ* de *Erinnȳs*.

CHAPITRE VII.

DES CONSONNES FINALES.

B.

Les finales en *B* sont brèves, comme *ăb, ŏb, sŭb*. Ex. :

Vitaque cum gemitu fugit indignata sŭb umbras. V.

C.

1° Les finales en *C* sont longues, comme *sīc, dūc, hīc* (adverbe), *illīc*[2]. Ex. :

Sīc oculos, sīc ille manus, sīc ora ferebat. V.

---

1. Priscien (p. 727) donne pour exemple *Æpy, Dory*, en grec αιπύ, δόρυ.

2. Les Prosodies et les Dictionnaires comprennent ordinairement dans cette règle la conjonction *ac;* mais il est impossible d'appuyer cette assertion sur une autorité quelconque. Au reste, c'est là une ques-

Hīc Hecuba et natæ nequicquam altaria circum. V.
Dūc age, dūc ad nos. V.

2° Elles sont brèves dans *nĕc, donĕc, făc*[1] :

Donĕc eris felix, multos numerabis amicos. O.
Nec possunt : făc enim minimis e partibus esse. Lucr.

3° La voyelle est commune dans *hĭc*[2] pronom :

Hic vir hĭc est, tibi quem promitti sæpius audis. V.
Hæc finis Priami fatorum, hīc exitus illum
Sorte tulit. V.

D.

Les finales en *D* sont brèves, comme dans *ăd,
ĭd, apŭd*[3]. Ex. :

Quidquĭd ĭd est, timeo Danaos et dona ferentes. V.

L.

1° Les finales en *L* sont brèves, comme dans
procŭl, mĕl, semĕl, tribunăl, vigĭl, et l'interjection *pŏl*. Ex. :

Innocui veniant; procŭl hinc, procŭl impius esto. O.

Quum semĕl in partem criminis ipsa venit. O.

Quod faciat magnas turpe tribunăl opes. O.

---

tion oiseuse, puisque ce mot ne se met jamais devant une voyelle ; dans
ce cas l'on se sert de *atque*.

1. On trouve souvent *face* devant une voyelle.

2. Les grammairiens disent que cette finale est brève par nature.
Lorsqu'elle s'allonge, c'est qu'alors le mot *hĭc* est une apocope du composé *hicce*, dont on fait *hicc'*, *hic*.

3. Les règles *particulières* sont toujours subordonnées aux règles
générales. Ainsi les diphthongues suivies d'un *d* restent longues,
comme *hau d*.

2º Il faut excepter les mots *nīl*[1] pour *nĭhĭl*, *sŏl*[2], et les noms hébreux *Daniēl, Michaēl, Raphaēl*[3]. Ex. :

Per duodena regit mundi sōl aureus astra. V.

Te sine, nīl altum mens inchoat. V.

M.

Les finales en *M* sont brèves par nature[4]; mais dans le corps du vers elles n'auront jamais cette quantité : placées devant une consonne, elles deviennent longues, et devant une voyelle elles s'élident.

N.

1º Les finales en *N* sont longues, comme *nōn, quīn, ēn, Titān, Tritōn, Æneān, Anchisēn, Salamīn.* Ex. :

Vivitur ex rapto; nōn hospes ab hospite tutus. O.

Non potuit mea mens, quīn esset grata, teneri. U.

Unde venit Titān, et nox ubi sidera condit. Luc.

Ah! miseram Eurydicēn animâ fugiente vocabat. V

Elles sont encore longues dans les noms en *en* qui ne font pas *inis* au génitif, comme *liēn, rēn,*

---

1. Voy. ci-dessus, p. 25.

2. Le mot *sal* est également long dans ces deux vers :
   Sal, oleum, panis, mel; piper, herba; novem. Aus.
   Non sal, oxyporumve, caseusve. Stat.
   Plus d'un critique doute que cette quantité soit légitime; ce qu'on peut dire en sa faveur, c'est que les Latins, en retranchant une lettre du mot grec ἅλς, en auraient néanmoins conservé la quantité.

3. Ces mots prennent un *êta* en grec, Δανιήλ.

4. Voy. la note à la fin du volume.

Sirēn, Hymēn, et dans les noms grecs qui ont un oméga à la finale, comme *Athōn, Androgeōn, Cimmeriōn*[1].

2° Elles sont brèves dans les noms en *en* qui font *inis* au génitif, comme *carmĕn, flumĕn, numĕn, tibicĕn,* et dans les mots *ăn, ĭn*[2]*, tamĕn, forsăn, forsităn, vidĕn'* et *nostĭn'* pour *videsne, nostine.* Ex. :

> Nomĕn Arionum Siculas impleverat urbes. O.
>
> Forsităn et, Priami fuerint quæ fata, requiras. V.
>
> Educet. Vidĕn' ut geminæ stant vertice cristæ? V.

Ajoutez les mots grecs qui ont un *omicron* à leur finale, comme *Peliŏn, Iliŏn, Dardanŏn, Cerberŏn;* les accusatifs des noms en *is : Daphnĭn, Procrĭn,* et quelques accusatifs féminins en *an,* comme *Maiăn, Æginăn.* Ex. :

> Peliŏn hinnitu fugiens implevit acuto. V.
>
> Cerberŏn abstraxit; rabidâ qui percitus irâ. O.
>
> Thyrsĭn, et attritis Daphnĭn arundinibus. PROP
>
> Namque ferunt raptam patriis Æginăn ab undis. STAT.

R.

1° Les finales en *R* sont brèves, comme dans *labŏr, vĭr, calcăr, patĕr, vincitŭr, sempĕr, brevitĕr.* Ex. :

> Hinc amŏr, hinc timŏr est : ipsum timŏr auget amorem. O.
>
> Jupitĕr ambrosiâ satŭr est, et nectare vivit. MART.
>
> Nil nocet admisso subdere calcăr equo. O.
>
> Molle cŏr ad timidas sic habet ille preces. O.

---

1. En grec, Ἄθων, Ἀνδρόγεων, Κιμμερίων.
2. Mais la finale est longue dans les crases et syrénèses : *sin, dein, proin.*

2° Elles sont longues dans les monosyllabes *cŭr*, *fūr*, *fār*, *vēr*[1], *lār*, *Nār*, *pār* et ses composés *impār*, *dispār*, et dans les mots qui avaient un *êta* en grec, comme *aēr*, *cratēr*, *Ibēr*. Ex. :

Cūr in amicorum vitiis tam cernis acutùm? H.
Ludere pār impār, equitare in arundine longâ. H.
Vēr adeò frondi nemorum, vēr utile silvis. V.
Alta petunt aēr atque aere purior ignis. O.

S FINAL. — AS.

1° *As* final est long, comme dans *rosās*, *Æneās*, *œstās*, *amās*, *fās*, *nostrās* (*atis*). Ex. :

Trojanās ut opes et lamentabile regnum. V.
Stabat nuda Æstās, et spicea serta gerebat. O.
Summum crede nefās animam præferre pudori. Juv.

2° *As* final est bref dans les noms qui viennent du grec et qui font le génitif en *adis*, comme *Pallăs*, *lampăs*[2]; à l'accusatif pluriel, *Troăs*, *Cycladăs*, *heroăs*, et dans le mot latin *anăs*. Ex. :

Bellica Pallăs adest, et protegit ægide fratrem. O.
Demoleos cursu palantes Troăs agebat. V.

ES.

1° *Es* final est long, comme *vulpēs*, *diēs*, *pa-*

---

1. Le mot *ver* vient du grec ἔαρ. La longue résulte de là contraction.

2. Les autres, telles que *Pallas, Atlas; Gigas, Calchas*, qui font le génitif en *antis*, ont la finale longue :

Hanc tamen immensam *Calchas* attollere molem. V.

trēs, Anchisēs, Eurydicēs, vidēs, accipiēs, putēs, totiĕs[1]. Ex. :

Astuta ingenuum vulpēs imitata leonem. **H.**

Albanique patrēs atque altæ mœnia Romæ. **V.**

Eurydicēs, oro, properata retexite fila. **O.**

Seu pingebat acu : scirēs a Pallade doctam. **O.**

2° Il est bref dans les noms qui ont la pénultième brève au génitif, comme *segĕs* (*segĕtis*), *milĕs* (*milĭtis*), *hospĕs, divĕs*, etc. Ex. :

Arebant herbæ, et victum segĕs ægra negabat. **V.**

Ipse deæ custos, ipse satellĕs erat. **O.** •

Exception. Cependant les mots *Cerēs, ariēs, abiēs, pariēs, pēs*, et ses composés *bipēs, quadrupēs, sonipēs*[2], suivent la règle générale, quoiqu'ils aient la pénultième brève au génitif. Ex. :

Flava Cerēs alto nequicquam spectat Olympo. **V.**

Stat sonipēs, ac frena ferox spumantia mandit. **V.**

Es est encore bref dans *penĕs*, à la seconde personne du verbe *sum* et de ses composés, *ĕs, abĕs, potĕs*, enfin au nominatif et au vocatif pluriel des noms qui viennent du grec, comme *Troĕs, Thracĕs, heroĕs, delphinĕs*[3]. Ex. :

Quem penĕs arbitrium est, et jus, et norma loquendi. **H.**

---

1. On disait primitivement *totiens, quotiens;* voilà pourquoi la finale est restée longue.

2. Le mot *præpes* abrége la finale.

3. Exceptez : 1° les noms dans lesquels il y aurait une contraction qui nécessiterait une longue, comme *Sardes* ou *Sardis* (Σάρδις), la ville de Sardes; 2° les noms qui, bien qu'empruntés au grec, ont été soumis par le poëte à la déclinaison latine :

Stantibus, œnophorum, *tripodes*, armaria, cistas. **Juv.**

Tripodes, au lieu de *tripodas*.

Natus ĕs e scopulis, nutritus lacte ferino. O.

Huc adĕs, o Melibœe : caper tibi salvus et hœdi. V.

Et circum argento clari delphinĕs in orbem. V.

Ajoutez quelques noms singuliers du genre neutre, comme *cacoethĕs, hippomanĕs* :

Scribendi cacoethĕs, et ægro in corde senescit. JUV.

IS.

1° *Is* final est bref, comme dans *ĭs (ejus), orbĭs,
tristĭs, quĭs, accipĭs, amatĭs, bĭs, satĭs.* Ex. :

Tantæ molĭs erat Romanam condere gentem! V.

Dulcĭs inexpertis cultura potentĭs amici. H.

Tum bĭs ad occasum, bis se convertit ad ortum. O.

2° *Is* est long au datif et à l'ablatif des noms,
des adjectifs et des pronoms, comme *templīs, subjectīs, nobīs* [1]; dans les adverbes *gratīs* [2], *forīs;*
dans les monosyllabes *līs, vīs* (force), *dīs-ītis,
glīs,* et dans quelques nominatifs comme *Simoīs* [3],
Samnīs, Salamīs, Eleusīs, delphīs (autres formes
de *Salamin, Eleusin, delphin*). Ex. :

Parcere subjectīs, et debellare superbos. V.

Non ea vīs animo, nec tanta superbia victis. V

Grammatici certant, et adhuc sub judice līs est. H.

Hàc ibat Simoīs, illic Sigeia tellus. O.

---

1. Primitivement ces mots s'écrivaient *templeis, subjecteis;* il y a
contraction. On allonge également la finale des accusatifs pluriels *trĭs,
civĭs, urbĭs,* pour *tres, cives, urbes,* dans lesquels la même contraction
a lieu.

2. *Gratĭs* est pour *gratiis,* forme que l'on trouve encore chez les
vieux poëtes.

3. *Simoĭs, Pyroĭs,* font la dernière longue, parce qu'elle remplace
une diphthongue grecque : Σιμόεις, Πυρόεις.

Il est encore long à la seconde personne des verbes de la quatrième conjugaison, *audīs*, *venīs*, *abīs;* dans *vīs* (de *volo*), et ses composés *mavīs*, *quivīs*, *quamvīs;* dans *fīs;* aux subjonctifs *sīs* [1], *adsīs*, *possīs*, etc., et dans *velīs*, *nolīs*, *malīs*, *ausīs*, *faxīs.* Ex. :

> Si periturus abīs, et nos rape in omnia tecum. V.
> Quamvīs Elysios miretur Græcia campos. V.
> Seu dextrâ lævâque velīs occurrere pugnæ. V
> Adsīs o placidusque juves! V.

3° Il est commun, mais plus souvent bref, à la deuxième personne du futur passé et du parfait du subjonctif. Ex. :

> Quas gentes Italûm aut quas non oraverīs urbes! V
> Miscuerīs elixa simul conchylia turdis. H.

OS.

1° *Os* final est long, comme *librōs*, *illōs*, *honōs*, *nepōs.* Ex. :

> Imperium terris, animōs æquabit Olympo. V.
> Gentis honōs; hærent infixi pectore vultus. V.

Il est encore long dans les monosyllabes *nōs*, *vōs*, *ōs* (*oris*), *mōs*, *dōs*, *rōs*, *flōs*, *bōs.* Ex. :

> Virginibus Tyriis mōs est gestare pharetram. V.
> Et rōs in tenerâ pecori gratissimus herbâ est. V.
> Ōs homini sublime dedit. O.

Ajoutez les noms venant du grec qui avaient un

---

1. *Sis* est contracté de *sies.*

oméga, comme *Athōs, Androgeōs, Minōs, herōs* [1]. Ex. :

> Velificatus Athōs, et quidquid Græcia mendax
> Audet in historiâ. Juv.
>
> Androgeōs offert nobis, socia agmina credens. V.

2° *Os* est bref dans *compŏs, impŏs, ŏs (ossis)* et son composé *exŏs*. Ex. :

> Insequere, et voti postmodo compŏs eris. O.
>
> Exŏs et exsanguis tumidos perfluctuat artus. Lucr.

Ajoutez les nominatifs grecs ayant un *omicron*, comme *chaŏs, Samŏs, Rhodŏs, scorpiŏs, Siriŏs, barbitŏs;* le nom neutre *melŏs*, et les génitifs comme *Palladŏs, Tethyŏs, Theseŏs*. Ex. :

> Romæ laudetur Samŏs, et Chiŏs, et Rhodŏs absens. H.
>
> Tethyŏs alternæ flavas calcamus arenas. Claud.
>
> Impia nec pœnâ Pentheŏs umbra vacet. O.

US.

1° *Us* final est bref, comme dans *unŭs, vultŭs, opŭs, vetŭs, montibŭs, illiŭs, legimŭs, cominŭs*. Ex. :

> Unŭs erat toto naturæ vultŭs in orbe. O.
>
> Cominŭs ense ferit, jaculo cadit eminŭs ipse. O.

2° *Us* final est long dans les noms de la quatrième déclinaison au génitif singulier et aux trois cas semblables du pluriel [2]. Ex. :

> Stat fortuna domūs, et avi numerantur avorum. V.

---

1. Ἄθως, Ἀνδρόγεως, Μίνως, ἥρως.
2. De l'un et de l'autre côté il y a contraction : *manus*, au génitif, est pour *manuis;* au pluriel, *manus* est pour *manues*. De même en grec ἰχθύες, ἰχθῦς.

Portūs æquoreis sueta insignire tropæis. Sɪʟ.

Il est encore long dans *plŭs;* dans les monosyllabes *jūs, rūs, tūs, pūs, mūs, sūs;* dans les noms
qui ont la pénultième longue au génitif, comme
virtūs, palūs, tellūs, salūs; dans *tripŭs, Melam-
pūs* [1], et en général dans les noms grecs qui ont la
diphthongue *ou,* soit au nominatif, comme *Panthūs, Amathūs, Iesūs,* soit au génitif, *Mantūs,
Cliūs,* de *Manto, Clio* [2]. Ex. :

Quem penes arbitrium est, et jūs, et norma loquendi. H.

Virtūs est vitium fugere, et sapientia prima. H.

Cocyti, tardâque palūs [3] inamabilis undâ. V.

Panthūs Othryades, arcis Phœbiqué sacerdos. V.

Fatidicæ Mantūs et Tusci filius amnis. V.

Remarque. Il faut bien distinguer d'avec les finales en *us* les finales en *eūs* venant des noms
grecs en εύς ; celles-ci forment toujours une diphthongue, et sont par conséquent longues : *The-
seūs, Orpheūs, Peleūs.* Ex. :

Hoc Rıpheūs, hoc ipse Dymas omnısque juventus. V.

Est genitor Peleūs, est Pyrrhus filius illi. O.

YS.

Ys final conserve en latin la quantité qu'avait en
grec la syllabe υς.

---

1. Ajoutez *Œdipus-odis;* mais ce mot fait aussi la dernière brève, à
cause d'une autre forme, de la deuxième déclinaison, *Œdipus-i.*

: 2. En grec Πάνθοος, Πάνθους, Ἀμαθοῦς, Ἰησοῦς, Μαντοῦς, Κλειοῦς

' 3. Horace a fait une faute en abrégeant cette finale :

Regis opus; sterilisque diu *palus*, aptaque remis.

1° Il est bref dans *Capy̆s, Tiphy̆s, chely̆s.* Ex. :

At Capy̆s, et quorum melior sententia menti. V.
Tiphy̆s in Hæmoniâ puppe magister erat. O.

2° Il est long dans *Tethȳs, Erinnȳs :*

Teque sibi generum Tethȳs emat omnibus undis. V.

T.

Les finales en *T* sont brèves. Ex. :

Annuĭt, et totum nutu tremefecĭt Olympum. V.
Dixĭt : ăt illa furens acrique accensa dolore. V.
At mihi jam videor patriâ procul esse tŏt annis. O.

Remarques. 1° Les règles particulières sont toujours subordonnées aux règles générales. Si le *t* final est précédé d'une diphthongue ou d'une autre consonne, il est clair que la voyelle sera longue : *aŭt, amānt, ēst.*

2° Nous avons déjà dit[1] que la finale *it* est longue quand elle est pour *iit*, comme dans *obît, perît, redît.* Ex. :

Dardaniamque petīt auctoris nomen habentem. O.
Magnus civis obīt et formidatus Othoni. **Juv.**

---

1. Voy. ci-dessus, p. 25.

CHAPITRE VIII.

DES CRÉMENTS.

CRÉMENTS DANS LES NOMS.

Lorsqu'un nom ou un adjectif ont à leurs autres cas [1] une syllabe de plus qu'au nominatif, cette syllabe s'appelle *crément* [2]. Le crément est, non pas la dernière syllabe, mais la pénultième. Ainsi dans *virtuti*, il y a un crément, qui est *tu* [3].

Les noms de la troisième déclinaison ont souvent deux créments au datif et à l'ablatif du pluriel, savoir la pénultième et l'antépénultième. Ainsi dans *virtutibus*, il y a deux créments, *tu* et *ti*.

CRÉMENTS DU SINGULIER.

Première déclinaison. La première déclinaison n'a pas de crément au singulier [4].

Deuxième déclinaison. Les noms en *us* n'ont pas de crément ; mais ceux en *r* en ont un, qui

---

1. Le génitif, le datif, l'accusatif et l'ablatif sont nommés par les grammairiens *cas obliques* (*obliqui*), et le nominatif *casus rectus*.

2. En latin *incrementum*, accroissement.

3. En général les substantifs n'ont pas plus d'un crément au singulier. Il n'y a d'exception que pour les mots *iter, supellex, biceps, triceps, præceps, anceps, particeps*, qui ont au génitif deux syllabes de plus qu'au nominatif.

4. Elle en avait un dans l'ancienne forme du génitif en *ai*, comme *aulai, pictai :* l'*a* était long. Voy. ci-dessus, p. 25.

est bref : *Puer, puĕri; vir, vĭri; satur, satŭri* [1].
Ex. :

Falle dolo, et notos puĕri puer indue vultus. V.

Ite domum satŭræ, venit Hesperus, ite, capellæ. V.

Troisième déclinaison. 1° *A* crément est long,
comme dans *voluptas-ātis, animal-ālis, calcar-
āris, audax-ācis* (une classe nombreuse d'adjectifs). Ex. :

Sperne voluptātes : nocet empta dolore voluptas. H

Seu spumantis equi foderet calcāribus armos. V

2° *A* crément est bref dans les noms neutres
en *a*, comme *diadema-ătis;* dans les génitifs en
adis, aris, comme *lampas-ădis, Pallas-ădis, nec-
tar-ăris, Cæsar-ăris* [2], *jubar-ăris, par-ăris,* et
ses composés. Ex. :

Captivam moribundus humum diademăte pulses. STAT

Et sol flammigerâ lustrabat lampăde terras. V.

Effigiem duco; numero deus impăre gaudet. V.

Il est encore bref dans les noms propres en *al*,
comme *Annibal-ălis*, et dans les noms *anas-ătis,
trabs-ăbis, Arabs-ăbis, fax-ăcis.* Ex. :

Annibălis spolia, et victi monumenta Syphacis. PROP.

Vela damus, vastumque cavâ trăbe currimus æquor. V.

---

1. C'est à tort que toutes les Prosodies, d'apres Despautère, exceptent
Iber et *Celliber*, en faisant une confusion qu'il faut signaler. Le génitif
singulier et le nominatif pluriel *Iberi* viennent de *Iberus;* il n'y a donc
pas là de crément. L'autre forme, *Iber, Iberos,* appartient à la troisième
déclinaison. Cette double déclinaison n'est qu'une traduction du grec.:
Ἴβηρος, Ἰβήρου, et Ἴβηρ, Ἰβηρος.

2. *Nar, Naris* (rivière), est le seul nom propre en *ar* qu allonge
son crément.

3° *E* crément est bref, comme dans *seges-ĕtis,*
munus-ĕris, nex-ĕcis, latus-ĕris. Ex. :

> Hīc segĕtes, illīc veniunt feliciùs uvæ. V.
>
> Et genus omne nĕci pecudum dedit, omne ferarum. V.

4° *E* crément est long dans *heres-ēdis, locuples-*
ētis, merces-ēdis, quies-ētis, rex-ēgis, lex-ēgis,
vervex-ēcis, ver-ēris [1]. Ex. :

> Parcus ob herēdis curam nimiùmque severus. H.
>
> Jam mediam nigrâ carpebat nocte quiētem. V.

Il est encore long dans *lien-ēnis, ren-ēnis, ha-*
lec-ēcis, et dans un grand nombre de substantifs
ayant un *êta* en grec, comme *Siren-ēnis, crater-*
ēris, tapes-ētis, magnes-ētis. Ajoutez les noms
hébreux, tels que *Abel-ēlis, Daniel-ēlis.* Ex. :

> Quòd latus aut rēnes morbo tentantur acuto. H.
>
> Armaque, cratērasque simul pulchrosque tapētas. V.

5° *I* et *Y* créments sont brefs, comme dans *ho-*
mo-ĭnis, caput-ĭtis, silex-ĭcis, chlamys-ўdis, mar-
tyr-ўris. Ex. :

> Fas erat, idque omnes divique homĭnesque canebant. V.
>
> Ac primùm silĭci scintillam excudit Achates. V.
>
> Anchisæ sceptrum, chlamўdem pharetramque nepoti. O.

6° *I* crément est long dans *Dis-ītis, glis-īris,*
lis-ītis, vis-vīres, delphis ou *delphin-īnis, Sala-*
mis ou *Salamin-īnis, Quiris-ītis, Samnis-ītis, vi-*
bex-īcis. Ex. :

> Noctes atque dies patet atri janua Dītis. V.
>
> Et circum argento clari delphīnes in orbem. V.

---

1. Ainsi qu'il a été dit précédemment, ce mot peut être ajouté aux
mots grecs dont nous allons parler.

Il est encore long dans la plupart des noms et des adjectifs en *ix*, comme *radix-īcis*, *felix-īcis*, *ultrix-īcis*. Ex. :

Vivite felīces, quibus est fortuna peracta. V.

7° Exceptez *calix-ĭcis*, *filix-ĭcis*, *fornix-ĭcis*, *pix-ĭcis*, *salix-ĭcis*, *nix-ĭvis*, *vĭce* et quelques autres cas de l'inusité *vix*. Ex. :

Et filĭcem curvis invisam pascit aratris. V.

Excubat, exercetque vĭces, quod cuique tuendum est. V.

Remarque. Les noms terminés en *yx* au nominatif dérivent du grec, et conservent en latin leur quantité primitive. Ils font plus souvent le crément bref : *Styx-ўgis*, *Eryx-ўcis*, *Phryx-ўgis*. Cependant il est long dans *bombyx-ȳcis*.

8° *O* crément est long dans les noms masculins ou féminins et dans les adjectifs, comme *dolor-ōris*, *sermo-ōnis*, *major-ōris*. Ex.

Infandum, regina, jubes renovare dolōrem. V.

I, decus, i, nostrum; meliōribus utere fatis. V.

9° *O* crément est bref dans les noms neutres, comme *ebur-ŏris*, *pectus-ŏris*, *marmor-ŏris ;* dans les noms grecs qui ont un *omicron* au génitif, comme *Hector-ŏris*, *Nestor-ŏris*, et dans certains noms de peuples, tels que *Saxŏnes*, *Senŏnes*. Ex. :

Fortiaque adversis opponite pectŏra rebus. H.

Multa super Priamo rogitans, super Hectŏre multa. V

Prossiinerem dubiis venientem Saxŏna ventis. CLAUD

Ajoutez *arbor-ŏris*, *bos-ŏvis*, *compos-ŏtis*, *im-*

pos-ŏtis, inops-ŏpis, lepus-ŏris, memor-ŏris, præcox-ŏcis, tripus-ŏdis [1]. Ex. :

Mugitusque boum, mollesque sub arbŏre somni. V.

Curculio, atque inŏpi metuens formica senectæ. V.

10° *U* crément est bref : *consul-ŭlis, dux-ŭcis, murmur-ŭris.* Ex. :

Si canimus silvas, silvæ sint consŭle dignæ. V.

Æneas, primique dŭces, et pulcher Iulus. V.

11° *U* crément est long dans *lux-ūcis, Pollux-ūcis,* et *frūgis,* de l'inusité *frux.* Ex. :

Restitit Æneas, claràque in lūce refulsit. V.

Et medio tostas æstu terit area frūges. V.

Il est encore long dans les noms en *us* qui ont le génitif en *udis, uris, utis,* comme *palus-ūdis, jus-ūris, salus-ūtis.* Ex. :

Una salus victis nullam sperare salūtem. V.

Exceptez *pecus-ŭdis, intercus-ŭtis* [2], *Ligus* ou *Ligur-ŭris.* Ex. :

Nigram Hiemi pecŭdem, Zephyris felicibus albam. V.

Quatrième et cinquième déclinaisons. Le datif de la quatrième déclinaison a un crément dont la quantité est déterminée par la règle générale qui veut qu'une voyelle soit brève quand elle est suivie d'une autre voyelle : *manus-ŭi, spiritus-ŭi.*

Suivant la même règle, le crément de la cinquième déclinaison est bref : *res, rĕ-i, fides-dĕi;*

---

1. Il en est de même des autres composés de πούς, comme *Œdipodis, Metampodis.*

2. Le simple *cutis* a la pénultième brève.

excepté le cas où l'*e* se trouve entre deux *i* : *dies,
diēi*[1].

Le crément du singulier reste au pluriel et
garde sa quantité : *virtūtis-tūtes, homĭnis-mĭnes.*
De plus, *a*, *e*, *o*, créments du pluriel, sont toujours longs : *flammārum, templōrum, diērum ;*
i et *u* sont toujours brefs : *fornacĭbus, lacŭbus*[2],
Ex. :

> Vidimus, undantem ruptis fornacĭbus, Ætnam
> Flammārumque globos liquefactaque volvere saxa. **V.**
>
> Præmia, de lacŭbus proxima musta tuis. **O.**

Un verbe a autant de créments qu'il a de syllabes de plus qu'à la deuxième personne du singulier de l'indicatif présent. Ainsi, *amas* ayant
deux syllabes, il y aura un crément dans *ama-
mus*, deux créments dans *amabamus*, trois dans
amabamini. Le crément est, non pas la dernière
syllabe, mais la pénultième ou avant-dernière,
l'antépénultième, etc. Ainsi, dans *am-A-mus, am-
ABA-mus, am-ABAMI-ni*, les créments sont *a,
aba, abami.*
On peut encore distinguer dans un verbe le radical et la terminaison. Dans *am-o*, le radical est
am et la terminaison *o*. Pour trouver le crément
ou les créments de ce verbe, on n'a qu'à retran-
cher le radical et la dernière syllabe : il y aura
autant de créments qu'il restera de syllabes. Par

---

1. Voy. ci-dessus, p. 23.

2. Exceptez *bubus*, autre forme de *bobus*, et qui a la même quantité,
c'est-à-dire la première syllabe longue.

exemple, si l'on veut connaître les créments du mot *cogitaveramus*, on supprime le radical *cogit* et la finale *mus*, et l'on a pour créments les trois syllabes *avera*.

Pour distinguer les créments des verbes déponents, on suppose la deuxième personne de l'indicatif présent actif. Ainsi, pour compter les créments de *hortabamur*, on comparera ce mot à *hortas*, et l'on trouvera deux créments.

1° *A* crément des verbes est long : *amāmus, resonāre, docebāmus, veniāmus*. Ex. :

> Formosam resonāre doces Amaryllida silvas. V.
> Hunc omnes servāte ducem, servāte senatum. MART.

Exception. A est bref au premier crément de *do*, et de ses composés *circumdo, pessumdo*, comme *dăbam, dăre, dătur*, etc. Ex. :

> Et pater Anchises dăre fatis vela jubebat. V.
> Septemque una sibi muro circumdăbit arces. V.

Mais le second crément est long, *dăbātur*. Ex.

> Nam quod consilium, aut quæ jam fortuna dabātur? V.

2° *E* crément des verbes est long : *amēmus, docēmus, tenēbant, conticuērunt*. Ex. :

> Conticuēre omnes, intentique ora tenēbant. V.

Remarque. Cependant le crément se trouve assez souvent abrégé par licence à la troisième personne du pluriel du parfait de l'indicatif. Ex. :

> Obstupui, stetĕruntque comæ, et vox faucibus hæsit. V.

3° *E* est bref dans *ĕram, ĕro, fuĕram*, du verbe *sum*, et dans les terminaisons des autres verbes qui en sont formées, comme *legĕro, audiĕrim, raptavĕrat*. Ex. :

> Ante focum, si frigus ĕrit; si messis, m umbrâ V.
> Ter circum Iliacos raptavĕrat Hectora muros. V.

Il est encore bref aux secondes personnes du futur passif, *bĕris*, *bĕre*, et au premier crément de la troisième conjugaison : *legĕre*, *legĕrem*. Ex. :

Semper honore meo, semper celebrabĕre donis. **V.**

Jam legĕre, et quæ sit, poteris cognoscĕre, virtus. **V.**

Remarque. *E* est long au second crément : *legĕrēmur*, *petĕrētur*. Ex. :

Troja per undosum peterētur classibus æquor. **V.**

4° *I* crément des verbes est bref : *amabĭmus*, *legĭmus*, *scindĭtur*, *sequĭmĭni*. Ex. :

Scindĭtur incertum studia in contraria vulgus. **V.**

Victuros agĭmus semper, nec vivĭmus unquam. **MANIL.**

5° Il est long au premier crément des verbes de la quatrième conjugaison : *audīmus*, *scīmus*, *īrent*. Ex. :

Scīmus inurbanum lepido seponere dicto. **H.**

Ridet ager; vestītur humus, vestītur et arbos. **MART.**

Il est encore long à l'impératif et au subjonctif présent des verbes *volo*, *nolo*, *malo*, *sum* et ses composés : *nolīte*, *velīmus*, *sītis*, *possīmus*. Ex. :

Si, quibus in terris, quâ sīmus in urbe, rogabit. **O.**

Nolīto, ad versus tibi factos, ducere plenum
Lætitiæ. **H.**

6° *I* crément est commun dans les finales en *rimus*[1], *ritis*. Ex. :

Viderĭtis stellas illic ubi circulus axem
Ultimus extremum, spatioque brevissimus, ambit. **O.**

Accepisse, simul vitam dederītis in undâ. **O.**

---

1. Cette règle n'est pas applicable au verbe *sum*, qui abrége toujours la pénultième dans *crimus*, *eritis*.

7° *O*, crément des verbes, est long : *estōte, faci
tōte.* Ex. :

Quumque loqui poterit, matrem facitōte salutet. O.

Exceptez la forme irrégulière *fŏre, fŏrem :*

Hinc fŏre ductores revocato a sanguine Teucri. V.

8° *U*, crément des verbes, est bref: *sŭmus, vo-
lŭmus.* Ex. :

Nolŭmus assiduis animum tabescere curis. O.

Dicite, Pierides : non omnia possŭmus omnes. V.

9° Il est long à la pénultième des participes du
futur actif : *amatūrus, visūrus.* Ex. :

Si visūrus eum vivo, et ventūrus in unum. V.

CHAPITRE IX.

DES PARFAITS.

Les parfaits de deux syllabes ont la première
longue : *vēni, fēci, lēgi, ēmi, vĭdi, vĭci, mōvi,
fūgi*[1]. Ex. :

Vēnit summa dies et ineluctabile tempus. V.

Aut quid in eversâ vīdi crudelius urbe? V.

Exceptez les six parfaits suivants : *bĭbi, dĕdi,*

---

1. La quantité des simples passera dans les composés *deveni, confeci,
invidi,* etc. Par suite du même principe, les composés des verbes com-
pris dans l'exception, comme *ebibi, circumdedi, intuli, circumsteti,
diffidi, perscidi,* abrégeront la pénultième.

Quant aux parfaits de deux syllabes qui ont deux voyelles de suite,
comme *fui, lui, pluit,* ils abrégent la première syllabe, d'apres une regle
générale.

tŭli, stĕti (de *sto*), *fĭdi* (de *findo*), *scĭdi* (de *scindo*) :

Omne tŭlit punctum qui miscuit utile dulci. H.

Claudite jam rivos, pueri; sat prata bĭberunt. V.

Les parfaits qui ont un redoublement font ce redoublement bref : *cădo, cĕcĭdi; cœdo, cĕcĭdi; căno, cĕcĭni; părio, pĕpĕri; fallo, fĕfēlli; curro, cŭcŭrri; spondeo, spŏpŏndi : tendo, tĕtēndi.* Ex. :

Tityre, te patulæ cĕcini sub tegmine fagi. V.

Ducentem in Latium Teucros cĕcidisse juvabit. V

Silva frequens trabibus, quam nulla cĕciderat ætas. O.

Comme on le voit, la quantité de la pénultième au parfait suit généralement la quantité du radical. Cependant *pello* et *tango* abrégent cette pénultième : *tetĭgi*[1], *pepŭli.* Ex. :

Ut primùm alatis tetĭgit magalia plantis. V.

Remarque. Les autres verbes conservent au parfait la quantité du présent : *hăbeo, hăbui; cŏlo, cŏlui,* etc. Exceptez *divĭdo, divīsi; pŏno, pŏsui.*

CHAPITRE X.

DES SUPINS ET DES PARTICIPES.

Les supins ont généralement la pénultième longue[2], ainsi que le participe passif qui en est

---

1. *Tango* avait pour primitif *tago* (*a* bref), d'où le supin *tactum.*

2. Cette quantité est déjà déterminée, pour un grand nombre de verbes, par les règles des crements.

formé : *amātum* (*amātus*), *strātum*, *delētum*, *vīsum*, *mōtum*[1], *indūtum*[2], *audītum*. Ex. :

> Spectātum veniunt, veniunt spectentur ut ipsæ. O.

> Quos ego... sed mōtos præstat componere fluctus. V.

Exceptions. La pénultième est brève :

1° Dans *dătum* et ses composés[3], *rătum* de *reor*, *sătum*[4] de *sero*, *sevi*, et dans *stătum* de *sisto*. Ex. :

> Quà dăta porta, ruunt, et terras turbine perflant. V.

> Ponemusque suos ad stăta signa dies. O.

2° Dans les supins en *itum* qui ne sont pas de la quatrième conjugaison[5], comme *vetĭtum*, *monĭtum*, *condĭtum*, *cognĭtum*, etc. Ex. :

> Discite justitiam monĭti et non temnere divos. V.

Cependant la pénultième est longue au supin et au participe de certains verbes de la troisième conjugaison qui ont quelques formes empruntées à la quatrième, comme *quæsītum*, *cupītum*, *lacessītum*, *arcessītum*, *oblītum*.

3° Au supin des composés de *ruo*, comme *obrŭtum*, *dirŭtum*, *erŭtum*, *semirŭtus*[6]. Ex. :

> Dirŭta sunt aliis : uni mihi Pergama restant. O.

---

1. La plupart des supins de deux syllabes sont le résultat d'une contraction : *motum* est pour *movitum*, *votum* pour *vovitum*.

2. Les supins en *utum* sont contractés de *uitum*; d'où il résulte que l'*u* doit être long : *induo* (*induitum*), *indutum*; *tribuo* (*tribuitum*), *tributum*; *suo* (*suitum*), *sutum*, etc.

3. Cette exception est déjà indiquée à l'article des Créments de la première conjugaison, p. 52.

4. Et ses composés *consitum*, *adsitum*.

5. Suivant cette règle, *citum* et ses composés auront la pénultième brève s'ils viennent de *ciere*, *cieo*, et longue s'ils viennent de *cire*, *cio*. Ex. :

> Scuta sonant, pulsuque pedum tremit *excĭta* tellus. V.
> Qui bello *excĭti* reges; quæ quemque secutæ. V.

6. Le participe *futurus* présuppose un supin *futum*, qui abrégerait aussi la pénultième.

4° Au supin de *eo* et de ses composés : *ĭtum*, *exĭtum*, *prœterĭtum*, et dans *quĭtum* de *queo*, bien que ces verbes suivent d'ailleurs la quatrième conjugaison. Ex. :

Poscebatur humus; sed ĭtum est in viscera terræ. O.

O mihi prætĕrĭtos referat si Jupiter annos! V.

Remarque. Le mot *ambĭtus*, participe de *ambio*, a la pénultième longue; elle est brève dans le substantif *ambĭtus*. Ex. :

Jussit, et ambītæ circumdare littora terræ. O.

Et properantis aquæ per amœnos ambĭtus agros. H.

Participe futur actif. La quantité de la pénultième du supin passe au participe du futur actif: *amātum*, *amāturus; monĭtum*, *monĭturus : audītum*, *audīturus*. Quelques verbes n'ont pas de supin, ou le forment irrégulièrement par syncope. Comme ces verbes sont de la deuxième ou de la troisième conjugaison, le participe futur *ĭturus* abrége l'*i*, parce que le supin régulier serait *ĭtum* Ainsi *ruo* fait *ruĭturus; pario (partum), parĭturus; morior (mortuus), morĭturus; jaceo, jacĭturus*. Ex. :

Cingitur, ac densos fertur morĭturus in hostes. V.

Sto, verbe neutre qui ne peut avoir de passif, et auquel il faut supposer le supin *stātum*, fait au participe futur *stāturus*, et dans ses composés, *constāturus, obstāturus*. Ex. :

Damnavit mullo stāturum sanguine Martem. MART.

Constātura fides superûm; ferale per urbem
Justitium. LUC.

Le participe *stătum* appartient au verbe *sisto*. Il garde sa quantité dans les composés : *restĭturus, constĭturus*.

CHAPITRE XI.

DES MOTS COMPOSÉS.

MOTS COMPOSÉS D'UNE PRÉPOSITION.

1° Les mots composés d'une préposition gardent sans altération la quantité de leur simple et de la préposition[1] : *āmitto, dēdūco, antĕfĕro, pĕrūro, circŭmăgo.* Ex. :

> Et qualem infelix āmīsit Mantua campum. V.
>
> Dēdūcunt socii naves, et littora complent. V.
>
> Nec poterit ferrum nec edax ăbŏlere vetustas. O.

Il en est de même des prépositions et adverbes altérés, *dĭ, sē, tră,* et de *nĕ,* ancienne négation : *dĭduco, sēparo, trăduco, nĕfas.* Ex. :

> Quòque magis doleam, non nos mare sēparat ingens. O.
>
> Agricola incurvo terram dīmovit aratro. V.

Remarque. Si, dans le mot composé, une voyelle ou diphthongue du primitif a été changée, la quantité n'en reste pas moins la même : *abĭgo,* de *ăgo; instĭtuo,* de *stătuo; perhĭbeo,* de *hăbeo; exĭmo,* de *ĕmo; allīdo,* de *lœdo; occido,* de *cædo; inīquus,* de *æquus, obēdio,* de *audio; concŭtio,* de *quătio.*

2° Si la préposition est terminée par une voyelle et que le simple commence par une voyelle ou une *h,* il arrivera, ou que la préposition sera brève,

---

1. A moins que, la préposition étant terminée par une consonne et le mot suivant commençant par une consonne, la voyelle ne se trouve suivie de deux consonnes. Dans ce cas, la brève devient longue, suivant la règle générale : *ab*nego, *ad*jicio, *per*do, *circum*fero, etc.

comme *dĕhisco*, *prăustus*[1], ou élidée, comme *deēsse*, *āntehāc;* souvent on pourra l'abréger ou l'élider à volonté, comme *sĕōrsum* ou *seōrsum*, *dĕhīnc* ou *dehīnc*[2].

3° La particule *re* est brève quand le simple commence par une seule consonne, comme *rĕ-fero*, *rĕ-pono*, et quand il y a insertion d'un *d* euphonique, *rĕd-oleo*, *rĕd-imo*. Ex. :

O mihi præteritos rĕferat si Jupiter annos! V.

Fervet opus, rĕdolentque thymo fragrantia mella. V.

Quand le simple commence par deux consonnes dont la seconde n'est pas une liquide, *re* est long, suivant la règle générale : *rēstinguo*, *rēscindo*.

Quand la seconde des consonnes est une liquide, *re* est généralement bref, et quelquefois commun. Il faut, à cet égard, consulter l'usage. Ainsi dans *recreo* la première reste brève; elle peut devenir longue dans *recludo*, *reflecto*. Ex. :

Tum, latebras animæ, pectus mucrone rĕcludit. V.

Ingredior, sanctos ausus rēcludere fontes. V.

Remarque. Il ne faut pas confondre avec *rĕferre* (rapporter) l'impersonnel *rēfert*[3], qui a toujours la première longue :

Præterea nec jam mutari pabula rēfert. V.

Exceptions. 1° La préposition *pro* devient quelquefois brève dans la composition. Il faut l'abréger dans *prŏfundus*, *prŏfugus*, *prŏfugio*, *prŏnepos*, *prŏneptis*, *prŏfestus*, *prŏficiscor*, *prŏfari*, *prŏ-*

---

fanus, prŏfectŏ, prŏcella, prŏtervus, prŏpero, prŏpitius, prŏpago, race[1]:

Pro est commun dans *prŏpino, prŏcuro, Prŏserpina.*

Mais cette préposition conserve sa quantité dans le plus grand nombre de composés[2] : *prōpono, prōcumbo, prōpello, prōcedo,* etc.

2° *Di* est bref dans *dĭrimo, dĭsertus.* Ex. :

Hanc deus et melior litem natura dĭremıt. O.

Fecundi calices quem non feceré dĭsertum? H.

3° Les trois verbes *ăperio, ŏperio, ŏmitto,* abrégent la première, bien qu'ils contiennent les prépositions *ad* et *ob.*

4° La première est longue dans *nūbo;* mais cette longue devient brève dans *pronŭba, innŭba, subnŭba,* et commune dans *connŭbium*[3].

---

1. Mais quand *propago* est pris au propre, et signifie *rejeton de vigne, provin,* la première est longue.

2. Il faut se garder de l'abréger sans y être autorisé par un exemple d'un bon poëte.

3. Quelques critiques, entre autres le célèbre Heyne, et cette opinion est généralement adoptée en Allemagne, prétendent que la seconde est toujours longue dans *connubium* et qu'il faut partout scander en faisant une synérèse ; par exemple

Connu-bio jungam stabili, propriamque dicabo. V.

Cette erreur est réfutée et par l'analogie des trois autres composes, et par des exemples formels, dont on peut voir quelques-uns dans le *Thesaurus poeticus linguæ latinæ.*

On ajoute ordinairement aux exceptions les deux mots *dejero, pejero,* qui abrégent la pénultième, bien que celle de *juro* soit longue. Mais, comme les composés de *juro* conservent la quantité du simple : *adjuro, conjuro, dejuro, perjuro,* il est probable que *dejero* et *pejero* viennent d'une autre forme du même verbe.

AUTRES COMPOSÉS.

Les autres composés conservent également la quantité des simples : *quāprōptĕr, rēvērā, quōvīs, quīlĭbĕt, māgnŏpĕrĕ* (de *magno* et *opere*), *quīnquĕvĭr*, etc.

Exceptions. 1° *Ubĭ* et *ibĭ* ont la finale commune ; mais elle est toujours longue dans *ubīque, ibīdem*, et toujours brève dans *ubĭvis, ubĭcumque*.

2° La finale du premier mot est abrégée dans *sĭquidem, quandŏquidem*[1], *utrŏbique*[2]. Ex. :

Hoc quoque tentemus, sĭquidem jejuna remansit. O.

3° Nous avons vu précédemment[3] que la finale est abrégée dans *quomodŏ*.

4° Les composés en *dicus* abrégent la pénultième, quoique *dico*, dire, ait la première longue[4] ; comme *causidĭcus, veridĭcus, fatidĭcus, maledĭcus*. Ex. :

Gallia causidĭcos docuit facunda Britannos. JUV.

5° La première est brève dans *hŏdie*, formé de *hoc die*. Ex. :

Orabant, hŏdie meminisses, Quinte, reverti. H.

---

1. Mais l'*o* reste long dans *quandoque, quandocumque*.

2. D'autres écrivent *utrubique*, qui paraît préférable, puisqu'on écrit généralement *utrubi*.

3. Chap. VI, p. 33.

4. Cette anomalie n'est qu'apparente. Il existait primitivement une seconde forme *dico, as*, qui, au rapport des grammairiens, avait le même sens que *dico, is*; et *dicare* abrégeait la première. Ce dernier verbe est resté en latin, mais avec une signification un peu différente. C'est du vieux verbe que dérivent les composés précités, comme aussi le mot *dicax*.

6° *Nōtus* a la première longue; la pénultième est brève dans les composés *cognĭtus, agnĭtus.*

Remărques. -1° *A*, voyelle de liaison entre les deux éléments d'un composé, est bref. L'addition de cette lettre se trouve dans quelques mots grecs, comme *hexămeter, pentămeter, hexăphorum.*

2° *E* est bref dans *trĕcenti, pedĕtentim.*
Les verbes dans lesquels entre le verbe *facio*, précédé d'un *e*, font cet *e* bref, comme *calĕfacio;* ou long, *expergēfacio;* ou commun, *liquĕfacio* Ex. :

Sic mea perpetuis liquĕfiunt pectora curis. O.

Tabe liquēfactas tendens ad sidera palmas.. O.

Il faut suivre à cet égard l'autorité des meilleurs poëtes.

3° *I* est bref dans les mots venant de la troisième et de la quatrième déclinaison, comme *partĭcula, omnĭpotens, homĭcida, pedĭsequuus, terrĭfico, turĭcremus, fluctĭvagus ;*
Dans les mots venant de la première et de la deuxième déclinaison, comme *causĭdicus, agrĭcola, pontĭvagus, verĭdicus*[1]*, multĭloquus, ludĭfico ;*
Dans *omnĭmodis, multĭmodis;.*
Dans les particules *bi* et *di*, deux, *tri*, trois ; comme *dĭmeter, dĭsyllabus; bĭvium, bĭvertex, bĭfrons; trĭceps, trĭdens, trĭcuspis.*
Exceptez *cutĭcula, bīduum, bīni, bīmus, trīduum, trīnus, trīmus, trīgesimus* ou *trīcesimus, trīceni, quadrīmus, quotīdie, postrīdie, merīdies.*

---

1. Dans *verisimilis*, la seconde reste longue, parce que les deux éléments du mot ne sont pas fondus ensemble : on écrit aussi séparément, *veri similis.* De même dans *lucrifacio, lucri* est un véritable génitif, qui garde sa quantité.

Dans les mots *bĭgœ, quadrĭgœ, tibĭcen*[1], il y a une contraction.

4° *O* est bref à la fin des mots empruntés au grec qui avaient un *omicron*, comme *bibliŏpola, pharmacŏpola, zelŏtypus, astrŏlogus, chrysŏlithus*.

5° *U* est bref, comme dans *quadrŭpes, dŭcenti, Trojŭgena*.

CHAPITRE XII.

DES MOTS DÉRIVÉS.

Les dérivés suivent ordinairement la quantité de leur primitif :

Anĭmus, ănĭmare, ănĭmal, ănĭmosus, exănĭmis.

Fāri, fātum, fātalis, fātifer, fātidicus, prœfātio.

Lĕgo, lĕgebam, lĕgam, lĕge, lĕgerem, lĕgere, lĕgens.

Lēgi, lēgeram, lēgerim, lēgissem, lēgisse.

Cependant il existe à cet égard quelques anomalies, que l'usage apprendra. Il suffira d'en noter quelques-unes :

Vox, vōcis, vōcula,	— Vŏco.
Rex, rēgis, rēgula,	— Rĕgo.
Lex, lēgis,	— Lĕgo.
Sēdes,	— Sĕdeo, sĕdile.
Tēgula,	— Tĕgo.
Fīdo, fīducia,	— Fĭdes.
Infīdus,	— Perfĭdus.

---

1. *Bigœ, quadrigœ*, pour *bijugœ, quadrijugœ; tibicen*, pour *tibicen*.

Lūceo,	— Lŭcerna.
Sōpio,	— Sŏpor.
Suspĭcere, suspĭcor,	— Suspīcio (onis).
Măcer,	— Mācero.

Quelques dérivés retranchent une consonne de leur primitif: *far* (*farris*), *fărina*; *offa*, *ŏfella*; *currus*, *cŭrulis*[1].

MOTS DÉRIVÉS DU GREC.

Les mots latins empruntés à la langue grecque conservent en général la quantité qu'ils avaient dans celle-ci. Les substitutions de voyelles se font sans que la quantité en soit altérée : Αἰνείας, *Ænēas*; Ζέφυρος, *Zĕphўrus*; Διομήδης, *Dĭŏmēdēs*; χέλυς, *chĕlўs*; μῦς, *mūs*; Σωκράτης, *Sōcrătēs*; Νεάπολις, *Nĕāpŏlis*.

Exceptions. 1° La finale de *ego* est toujours brève, celle de *ergo* l'était sous les empereurs : ces mots viennent du grec ἐγώ, ἔργῳ.

2° Les finales en *or*, *er* sont longues en grec et brèves en latin, dans Νέστωρ, Ἕκτωρ, etc., *Nestŏr*, *Hectŏr*; πατήρ, μήτηρ, *patĕr*, *matĕr*.

3° Les noms grecs en α pur ont ordinairement la finale longue, comme dans θεά, λύρα, Κασταλία. Mais l'*a* est bref en latin : *deă*, *lyră*, *Castaliă*[2].

4° Les Latins font quelquefois commune la lettre *e* remplaçant la diphthongue grecque ει, comme *platĕa*, πλατεῖα, *chorĕa*, χορεία[3]. Ex. :

Pars pedibus plaudunt chorĕas, et carmina dicunt. V.
Desidiæ cordi ; juvat indulgere chorēis. V.

---

1. Ces dérivés remontent à une époque où l'on ne redoublait pas les consonnes : on écrivait *curus, tera, belua*.

2. Nous avons indiqué ci-dessus, p. 27, de rares exceptions.

3. Le mot *chiragra* ou *cheragra*, abrégeant la première, dérive plutôt de χειράγγα que de χειράγρα.

5° La terminaison latine *ĕŭs* dans les adjectifs remplace quelquefois la terminaison grecque ειος, qui nécessiterait une pénultième longue. Ainsi l'on dit : *Caucasĕus, Herculĕus, Agenorĕus, Tantalĕus, Ænĕădœ* (de *Ænēas*).

CHAPITRE XIII.

SYNÉRÈSE, SYNCOPE, DIÉRÈSE.

SYNÉRÈSE. — La *synérèse* a lieu, comme nous l'avons dit, quand, de deux voyelles qui se prononcent, une seule porte quantité.

Elle est exigée ou permise.

1° La synérèse est exigée dans les mots *līnguă, quĕ, aquă, suētus, suāvis, Harpyīœ, cuī, huīc, deēst, āntĕīre*[1], *sēmĭănimis*[2], *Orpheŭs*, ainsi que nous l'avons noté en divers endroits.

Ajoutez *ālveāre, aĭo, Baĭœ, Graĭus, Maĭa, Pompeĭus, Tarpeĭus*[3], et d'autres que l'usage apprendra :

Seu lento fuerint ālveāria vimine texta. V.

Nec Pompeĭanis tradit sua partibus arma. Luc.

---

1. Et dans tous les composés de *ante*, comme *antehac, anteambulo* (*onis*), *anteactus*, etc.

2. Et dans tous les composés de *semi*, comme *semiustus, semihomo*, etc. Si l'on écrit *semanimis, semustus*, on aura une syncope.

3. D'autres scandent *a-io, Ma-ia, Pompe-ius*, ce que semble confirmer une orthographe assez usitée : *ajo, Maja, Pompejus*. Mais si l'on réunit les deux syllabes *ia*, dans *Maia*, il est impossible qu'il en résulte une brève.

2° La synérèse est permise dans *iïsdem, diïs* (que l'on écrit aussi *ïsdem, dïs*); aux cas des noms en *ius, ium,* dans lesquels se trouvent deux *i*, comme *Antōnii, Capitōlii, denāriis* (ou *Antonî, Capitolî, denarîs*); au génitif, au datif et à l'ablatif des noms grecs en *eus̄*, comme *Tēreī* (de *Tēreūs*), *Tēreō;* à certains cas de quelques noms et adjectifs en *ĕŭs*, comme *ālveō, aūreō, aūreīs;* dans *deōrsum, seōrsum;* dans les parfaits *rĕdiī, pĕriīt* (ou *redî, perît*); enfin dans quelques mots où les voyelles *i* et *u* sont transformées en consonnes *j* et *v*, comme *gēnuă, tēnuiă, ābiĕtĕ, pāriĕtĭbus* (au lieu de *gĕnŭă, tĕnŭiă, ābiĕtĕ, pāriĕtĭbus*). Ex. .

Aut ut mutatos Tēreī [1] narraverit artus. V.

Degeneras; scelus est pietas in conjuge Tēreō. O.

Atria, dependent lychni laquearibus aūreīs. V.

Profuit; optato conduntur Tibridis ālveō. V.

Remarque. Les mots *Īāson, Īăpetus, Dēĭănĭra* [2], ne peuvent jamais être réduits d'une syllabe, et changés en *Jason, Japetus, Dejanira*.

SYNCOPE. — La *syncope* retranche une syllabe dans un mot. Quand on écrit *dî* au lieu de *dii*;

---

1. Les mots *Terei, Orpheo, Promethei, alveo* se trouvent toujours et nécessairement avec la synérèse dans le vers héroïque; mais les poëtes qui ont écrit dans d'autres mètres comptent souvent l'*e* pour une brève.

2. Le mot *Iesus* a ordinairement trois syllabes, dont la première est brève. On le fait quelquefois disyllabe par synérèse :

Respondere nihil trucibus dignatur *Iesus*. JUVENC.

Scrutati, æternum regem cognovimus *Iesum*. PRUD.

La synérèse a été quelquefois employée par licence pour certains mots qui se refusaient à entrer dans le vers hexamètre; tels que *vindemiator, Nasidienus, pituita, promontorium*, qui se trouvent dans des poëtes du siècle d'Auguste.

Antoni au lieu de *Antonii*, *perīt* au lieu de *per-iit*, la synérèse se change en syncope.

Les syncopes les plus ordinaires en poésie sont .

Celles des génitifs pluriels : *virûm* pour *viro-rum*, *recentûm* pour *recentium ;*

La suppression du premier *u* dans certains noms en *ulum*, comme *periclum*, *vinclum*, *guberna-clum*, au lieu de *periculum*, *vinculum*, *guberna-culum ;*

Le retranchement de l'avant-dernière syllabe à certains temps des verbes : *amârunt, amârat, amârit, amâsset,* pour *amaverunt, amaverat, amaverit, amavisset ; nutribam, munibam,* au lieu de *nutriebam, muniebam*[1].

DIÉRÈSE. — La *diérèse* est le contraire de la synérèse. Elle consiste à donner une quantité à chaque voyelle : *Orphĕō, Plēĭădes, Priamēïus, Thrēïcius*[2].

O felix una ante alias Priamēïa virgo ! V.

---

1. Il y a encore d'autres syncopes, qui sont d'un usage plus rare. Voy. le *Traité de Versification latine*, p. 69.

2. D'autres diérèses moins fréquentes ne doivent point être imi-tées ; par exemple l'ancienne forme de génitif *aulai, pictai ; dissolui, evolui,* pour *dissolvi, evolvi ; suadet. suavis,* employés comme trisyl-labes, etc.

Voyez, sur tout ce chapitre, le *Traité de Versification latine*, p. 84, 85 et 86.

CHAPITRE XIV.

SUR LA QUANTITÉ DE QUELQUES DÉSINENCES.

DANS LES NOMS.

Abulum, aculum. — *Vocăbŭlum, acetăbŭlum, spectācŭlum, mirācŭlum* [1].

Acia. — *Audācia, fallācia, pertinācia.*

Acrum. — *Lavācrum, ambulācrum, simulācrum.*

Ago. — *Virăgo, farrăgo, propāgo.*

Amen. — *Levāmen, solāmen, exāmen, certāmen.*

Arius, arium. — *Sicārius, sextārius; aviārium, viridārium.*

Ator. — *Orător, arător, laudător.*

Atrum. — *Arātrum, theātrum.*

Edo. — *Dulcēdo, torpēdo, terēdo.*

Ela. — *Medēla, suadēla, querēla.*

Etas, itas. — *Ebriĕtas, piĕtas; celsĭtas, divinĭtas.*

Igo. — *Vertīgo, fulīgo, rubīgo, porrīgo (inis).*

Itia. — *Nequĭtia, avarĭtia, amicĭtia.*

Itudo. — *Necessĭtūdo, fortĭtūdo, altĭtūdo, multĭtūdo.*

Ola, olus. — *Galeŏla, araneŏla, epistŏla, incŏla* [2]; *gladiŏlus, hariŏlus.*

Ona. — *Corōna, matrōna, persōna.*

Onia, onium, onius. — *Querimōnia, alimōnia,*

---

1. Exceptez *stabulum*, qui abrége la première.

2. Exceptez les mots grecs qui ont un *oméga* à la pénultième, comme *bibliopola, pharmacopola.*

castimōnia, cicōnia; matrimōnium, testimō-
nium, præcōnium[1]*; Antōnius.*

Orium. — *Portōrium, tentōrium, prætōrium, tec-*
tōrium.

Ulus, ula, ulum. — *Popŭlus, annŭlus, œmŭlus,*
angŭlus, catŭlus; particŭla, regŭla, tabŭla;
specŭlum, corcŭlum, sæcŭlum, epŭlum.

Ura. — *Pictūra, tritūra, litūra, junctūra.*

DANS LES ADJECTIFS.

Alis. — *Fluviālis, hiemālis, brumālis, mortālis.*

Anus. — *Humānus, sānus, vānus, pagānus, pro-*
fānus, Romānus, Spartānus.

Aris. — *Vulgāris, joculāris, salutāris, populā-*
ris[2].

Arius. — *Nefārius, contrārius, vicārius.*

Bilis. — *Mirabĭlis, amabĭlis, placabĭlis, debĭlis,*
habĭlis.

Idus. — *Candĭdus, rigĭdus, horrĭdus, cupĭdus*[3].

Ifer, iger. — *Pestĭfer, laurĭfer; bellĭger, cor-*
nĭger.

Ilis. — La pénultième est longue dans les adjectifs dérivés d'un autre adjectif ou d'un nom :
anīlis, civīlis, puerīlis, juvenīlis, senīlis, ser-
vīlis. Exceptez *parĭlis, fluviatĭlis.*
    Elle est brève dans les autres adjectifs : *facĭ-*
lis, agĭlis, docĭlis, rasĭlis. Voyez bilis et tilis.

Imus. — *Intĭmus, finitĭmus, legitĭmus, maritĭ-*

---

1. Il ne s'agit ici que d'une terminaison latine. Quelques mots em-
pruntes au grec abrégeront l'*o*, comme *dæmonium.*

2. Il n'est question que d'adjectifs dérivés. Le mot *hilaris* n'est pas
dans ce cas; il a les trois syllabes brèves.

3. Exceptez *infĭdus*, qui allonge la seconde.

mus, maxĭmus, forlissĭmus, et tous les superlatifs; *decĭmus, centesĭmus, millesĭmus*, et autres adjectifs numéraux.

Ineus. — *Ferrugĭneus, gramĭneus, arundĭneus, fraxĭneus, Apollĭneus.*

Olus. — *Lacteŏlus, luteŏlus, frivŏlus.*

Orius. — *Lusōrius, prœtōrius, uxōrius.*

Orus. — *Canōrus, sonōrus, odōrus, decōrus.*

Osus. — *Vinōsus, formōsus, animōsus, dolōsus.*

Tilis. — *Utĭlis, tortĭlis, coctĭlis, fertĭlis, fluviatĭlis.*

Ulus. — *Bellŭlus, querŭlus, ridicŭlus.*

Utus. — *Tūtus, cornūtus, versūtus, argūtus, astūtus.*

DANS LES VERBES.

Ino. — *Germĭno, inquĭno, semĭno, examĭno.*

Ito. — *Habĭto, agĭto, cogĭto, hœsĭto, jactĭto, palpĭto*, et les déponents, *minĭtor*. Exceptez les fréquentatifs des verbes de la quatrième conjugaison : *dormīto, irrīto*, ainsi que *invīto*.

Ulo. — *Pullŭlo, exsŭlo, ustŭlo, ambŭlo, consŭlo.*

Urio. — *Esŭrio, partŭrio, lectŭrio, cœnatŭrio.* Exceptez *ligŭrio*[1], *scatŭrio.*

DANS LES ADVERBES.

Iter, itus. — *Fortĭter, flebĭlĭter, longĭter; penĭtus, fundĭtus, divinĭtus.*

---

1. On écrit aussi *ligurrio, scaturrio.*

CHAPITRE XV.

DE LA CONSTRUCTION DU VERS HEXAMÈTRE.

DE LA FIN DU VERS.

Nous avons dit que le vers hexamètre se. compose de six pieds : le dernier est un spondée et le cinquième un dactyle ; les quatre premiers sont indifféremment dactyles ou spondées.

Pour construire un vers hexamètre, il faut d'abord s'occuper de trouver la fin du vers, c'est-à-dire le dactyle et le spondée.

Règle générale. Le vers hexamètre doit finir par un mot de deux ou de trois syllabes :

> Conticuêre omnes, intentique ora *tenebant;*
> Inde toro pater Æneas sic orsus ab *alto.* V.

Quelquefois le vers est terminé par deux monosyllabes, ou par le verbe *est* précédé d'une élision [1]. Ex :

> Rursus abundabat fluidus liquor, omniaque *in se*
> Ossa minutatim morbo collapsa trahebat. V.

> Quum sitiunt herbæ, et pecori jam gratior umbra *est.* V.

Remarque. Les enclitiques *que, ve, ne* (interrogatif), faisant partie du mot précédent, ne doivent plus être considérées comme monosyllabes. Ainsi *quumque* est un disyllabe, *deumque* un trisyllabe, qui pourront terminer le vers.

---

1. Voyez le *Traité de Versification latine,* p. 142.

Il faut éviter avec le plus grand soin de finir par un mot de quatre syllabes ayant les deux premières brèves, comme *mĕtŭēbānt, dŏmĭnōrŭm*[1].

Voici quelques formules de fins de vers qui aideront à l'application des règles précédentes :

1° *Dernier mot disyllabe.*

Sūscĭtăt ārmă.
Sūmĕrĕ pœnās.
Vŏlātĭlĕ fērrŭm.
Mĕmŏrābĭlĕ nōmĕn.
Irrĕpărābĭlĕ tēmpŭs.
Āssūrrēxĕrĭt ōmnĭs.
Inĭmīcăquĕ Trōjæ.

Ēt quătĭt ārmōs.
Īntĕr ĕt hōstēs.
Rūpĕ sŭb īmā.
Fērtŭr ăd aūrēs.
Pēctŏre ĕt ārmīs.
Cŏrўbāntĭăque æră.|
Sūrgĕrĕ, quŭmquĕ.

2° *Dernier mot trisyllabe.*

Sānctă prĕcāmŭr.
Āvŭlsă rŭīnăm.
Ōbjēctārĕ pĕrīclīs.
Tēmpēstātŭmquĕ pŏtēntĕm.

Vīrēsquĕ sĕcūndās.
Sătĭs ūnă sŭpērquĕ
Aūdītquĕ vĭdētquĕ.
Sūbmīttĕre ămōrī.

3° *Dernier mot monosyllabe.*

Cōmĭcă nōn vŭlt.
Nōmĭnă quæ sīnt.
Hæc quŏquĕ sī quĭs.

Jūdĭcĕ lîs ēst.
Grātĭŏr ūlla ēst.
Dīctūrŭs Ăpōllo ēst.

DE L'ÉLISION.

Il ne faut pas multiplier les élisions : elles donneraient de la dureté au style. Un vers hexamètre

---

1. Le vers *spondaïque* se termine nécessairement par un mot de quatre syllabes, mais de quatre syllabes longues.

On trouve, mais bien rarement, des vers terminés par un mot de trois ou de quatre syllabes, dont la dernière ne compte pas dans la mesure et s'élide sur le premier mot du vers suivant :

Sternitur infelix alieno vulnere, cœlum*que*
Adspicit, et dulces moriens reminiscitur Argos. V.

Ces vers se nomment *hypermètres.*

ne peut guère recevoir qu'une ou deux élisions. Les élisions des enclitiques *que, ve, ne* sont les plus douces.

Il faut éviter l'élision des monosyllabes[1]. Elle est surtout défectueuse au commencement d'un vers[2].

On doit se permettre rarement l'élision sur le cinquième pied[3], et se l'interdire absolument sur le sixième. Est admise cependant l'élision des enclitiques. Ex. :

> Incute vim ventis, submersas*que* obrue puppes. V

> Tum cererem corruptam undis Cerealia*que* arma
> Expediunt. V.

Il faut bannir du vers hexamètre certains mots qui ne peuvent y entrer qu'à l'aide d'une élision, comme *lībĕrum, lībĕrī, aŭdĭam, spectācŭlum*. On évitera donc d'imiter l'exemple suivant :

> Lībĕrum et erectum præsens hortatur et aptat. H.

DE LA CÉSURE.

Ainsi que nous l'avons dit, le vers hexamètre peut avoir une césure après chacun des trois pre-

---

1. Les enclitiques ne doivent pas être considérées comme monosyllabes, puisqu'elles font partie du mot précédent.

2. Voici un exemple d'Horace :
Nam ut ferulâ ferias meritum majora subire.

3. L'élision est vicieuse dans ce vers :
Qui possum tot? ait : tamen et *quæram*, et, quot habebo,
Mittam. H.

Elle est douce dans les vers suivants :
> Exercete, viri, tauros; *serite* hordea campis. V.

> Cocytique petit sedem, *supera* ardua linquens. V.

Voy. de plus amples développements dans le *Traité de Versification latine,* p. 148.

miers pieds. Il doit en avoir au moins une après le second, ou deux, dont l'une sera après le premier pied, et l'autre après le troisième.

Un vers hexamètre sans césure manque totalement d'harmonie :

Nec ven-+-torum | flamina | flando | suda se-+-cundent. LUCIL.

Une césure après le premier pied ou après le troisième est insuffisante :

Quæ mini*mis* stipata cohærent partibus arctè. LUCR.

Immemorabile per spati*um* transcurrere posse. ID.

La césure est interdite après le quatrième et le cinquième pied. Il faut observer que les enclitiques empêchent la césure; ainsi l'on finira bien un vers comme le suivant :

Si quis in adversum rapiat casus*ve* deus*ve*. V.

Remarques. 1° Il ne faut pas regarder comme césure une portion de mot qui passerait d'un pied à l'autre, mais qui ne serait pas *une syllabe longue.* Ex. :

Carmen | suave de-+-distis O-+-lympia-+-*des* mihi | Musæ. T. MAUR.

Ce vers est doublement fautif en ce qu'il ne présente pas les césures exigées, et qu'il en a une au cinquième pied.

2° Deux monosyllabes de suite, ou un monosyllabe qui est lié par le sens et la prononciation au mot précédent, font une césure suffisante. Ex. :

Ut vidit : *Quæ mens* tam dira, miserrime conjux? V.

Nemo adeò ferus *est* ut non mitescere possit. H.

Si scelus intra *se* tacitum quis cogitat ullum,
Facti crimen habet. JUV.

3° Quand la lecture des poëtes aura familiarisé avec la cadence du vers hexamètre, on reconnaîtra que certains vers sont harmonieux, quoiqu'ils n'aient qu'une césure, ou même qu'ils n'en aient point à la rigueur. Ex. :

Hæc ait, et liquidum ambrosiæ diffundit odorem. V.

Ce vers n'a qu'une césure, la finale de *liquidum* étant élidée.

Arrectæque horrore *comæ*, et vox faucibus hæsit. V.

Ce vers n'a pas de césure, la finale de *arrectæ* ne pouvant plus en servir à cause de *que* joint à ce mot, et la finale de *comæ* étant élidée. Cependant il satisfait l'oreille, et cette facture peut être imitée, si l'on sait reproduire exactement les mêmes circonstances [1].

EXERCICE.

Nous allons appliquer les différents préceptes que nous avons donnés jusqu'ici pour la construction du vers hexamètre. On verra comment il faut, dans ce travail, avoir perpétuellement devant les yeux la règle de l'élision et celle de la césure.

Soient les mots suivants pour matière d'un vers à retourner :

. Sī vălŭĭt ōbjēctōs căvĕæ clāthrōs frāngĕrĕ.

Il faut d'abord chercher le dactyle du cinquième pied : on trouve *frāngĕrĕ*. On cherche ensuite le spondée du sixième : on trouve *clāthrōs*. Il ne reste plus qu'à arranger les quatre premiers pieds.

---

1. Voyez le *Traité de Versification latine*, p. 153 et suiv.

Si l'on met :

Si cavc-|-æ valu-|-ĭt ob-|-jectos | frangere | clathros,

le vers est faux, parce que la finale de *valuit* reste brève devant *objectos*, en sorte que le troisième pied est un iambe, au lieu d'être un spondée.

Si l'on met :

Si valu-|-it cave-|-æ ob-|-jectos | frangere | clathros,

le vers est également faux : il lui manque une syllabe, à cause de l'élision *caveæ objectos*.

On évitera ces fautes en mettant :

Obje-|-ctos cave-|-æ valu-|-it sı | frangere | clathros. H.

Ce vers est riche en césures, puisqu'il en a le plus grand nombre possible. La poésie autorise cette place du mot *si*[1].

CHAPITRE XVI.

DES SYNONYMES.

Un *synonyme* est un mot ayant à peu près la même signification qu'un autre mot. On a recours aux synonymes quand leur quantité se prête mieux à l'arrangement du vers. Ainsi, au lieu de *căno, taurus, candidus*, on pourra mettre *canto, juvencus, candens* ou *albus*.

Supposons qu'avec la matière précédente : *Si valuit*, etc. (p. 75), on n'arrive pas à la construction

---

1. Voy. ci-après, p. 93.

du vers, et qu'on se préoccupe de ce commencement.

Si cave-|-æ obje-|-ctos valu-⌐-it.

Il serait facile d'achever le vers en ajoutant au mot *frangere*, à l'aide d'un synonyme, la syllabe perdue à la fin du mot *caveœ* par l'effet de l'élision. Alors on pourrait mettre :

Si caveæ objectos valuit $\left\{\begin{array}{l}\text{confringere}\\\text{perfringere}\\\text{perrumpere}\\\text{convellere}\end{array}\right\}$ clathros.

Prenons un autre exemple :

Sĭlvēstrĕ cārmĕn tĕnŭĭ călămō mĕdĭtārĭs.

En mettant un synonyme à *carmen* et un autre à *calamo*, on aura :

Silvestrem tenui musam meditaris avenâ.

L'emploi d'un synonyme, quand il s'agit d'un adjectif ou d'un verbe, peut nécessiter un nouveau cas du régime, et même changer entièrement l'économie de la phrase.
Soit la matière suivante.

Pēr[1] mĕdĭōs, ūrgēns ŏpŭs rēgnăquĕ fŭtūră

En mettant *instans* pour synonyme de *urgens*, le régime doit être au datif :

Per medios, instans *operi regnisque futuris.* V.

---

1. *Per* est bref de nature ; mais comme ici ce mot ne peut être déplacé, il est nécessairement long.

Prenons encore cette autre phrase :

Quāntō lēntæ sălĭcĭ præstăt pāllēns ŏlĭvă.

Le remplacement du seul mot *præstat* donnera :

Lenta salix quantùm pallenti *cedit olivæ*. **V.**

CHAPITRE XVII.

DES ÉQUIVALENTS.

Quelquefois, pour construire un vers, il suffira d'un changement moins considérable que l'introduction d'un synonyme. Nous appelons *équivalents* les mots mêmes de la matière employés avec une autre forme qu'ils peuvent prendre.

Soit la matière suivante :

Arma virumque cano, qui primus a Trojæ oris.

Si l'on ne songe pas au changement possible d'$\bar{a}$ en $\breve{a}b$, on cherchera bien loin une fin de vers qui semble se présenter d'elle-même. On trouvera, par exemple :

Arma virumque cano, *qui* a Trojæ littore primus,

vers qui aurait une mauvaise élision ; ou bien encore :

Arma virumque cano, qui *primùm* a littore Trojæ,

Mais *primùm* ne vaut pas *primus*. Sans avoir

recours à un synonyme, et en employant seulement un équivalent de la préposition, on a :

Arma virumque cano, Trojæ qui primus ăb oris. V.

On dit *meditaris* ou *meditare, celebraberis* ou *celebrabere, conticuerunt* ou *conticuêre.*

Les mots *virorum, amaveram, petĭvissem, că-lĕfăcit,* ont pour équivalents les syncopes *virûm, amâram, petĭissem* ou *petĭssem, cālfăcit.*

On dit au nominatif *arbŏr* ou *arbōs, honŏr* ou *honōs;* au pluriel *loci* ou *loca, locos* ou *loca.* Le mot *impetus* a un ablatif poétique *impetĕ,* au lieu de *impetū.*

L'impératif présent, *ades,* peut être remplacé par le subjonctif présent, *adsis,* et quelquefois par l'impératif futur, *adesto.*

Certains adjectifs et certains verbes régissent deux cas : *obliviscor rem* ou *rei, similis patris* ou *patri*[1].

On peut ranger sous ce titre le changement si fréquent du singulier en pluriel, et du pluriel en singulier. Par l'usage de cette ressource, la matière suivante :

Flāvūmquĕ dē vĭrĭdĭbŭs stĭllābăt mĕl ĭlĭcĭbŭs,

devient, sans l'introduction d'aucun synonyme :

Flavaque de viridi stillabant ilice mella. V.

---

1. Voy. de plus amples développements dans le *Traité de Versification latine,* p. 2.

CHAPITRE XVIII.

DES ÉPITHÈTES.

L'*épithète* est un adjectif qu'on joint au substantif pour le qualifier. Ainsi, dans le vers qui vient d'être cité, il y a deux épithètes, *flava* et *viridi*, qualifiant *mella* et *ilice*.

1° On distingue les épithètes *de nature* et les épithètes *de circonstance*. Dans le vers précédent, *flava* est une épithète de nature. On voit une épithète de circonstance dans le vers suivant :

Ardet abire fugâ, *dulces*que relinquere terras. V.

Ces dernières épithètes doivent être recherchées de préférence.

2° L'épithète se place ordinairement avant le substantif auquel elle se rapporte :

*Limoso*que palus obducat pascua *junco*. V.

Quàm dives pecoris, *nivei* quàm *lactis* abundans. V.

Il est mieux de séparer l'épithète du substantif ; on doit le faire quand elle présente la même consonnance. Ex. :

Secreti celant *calles* et myrtea circùm
Silva tegit. V.

Teque *datis* linquo *ventis*, palmosa Selinus. V.

Cependant l'épithète et le substantif peuvent se

suivre immédiatement quand ils sont tous deux terminés par un *a*. Ex. :

Tantùm inter densas, *umbrosa cacumina*, fagos. V.

Tempora dinumerans, nec me *mea cura* fefellit. V.

3° Quand un vers renferme deux épithètes, il est bien de les rapprocher :

*Flava*que de *viridi* stillabant ilice mella. V.

Dira per *incautum* serpant contagia vulgus. V.

Discissos nudis laniabant dentibus artus. V.

Ille *gravem duro* terram qui vertit aratro. V.

4° En poésie on ajoute élégamment une épithète au sujet sous-entendu :

It clamor cœlo; primusque accurrit Acestes,

Æquævumque ab humo *miserans* attollit amicum V.

On remplace encore avec avantage par une épithète les pronoms *is, ille*, employés à un cas obli-que[1]. Ex. :

Perculit, et fulvà *moribundum* extendit arenâ. V.

Irim de cœlo misit Saturnia Juno
Iliacam ad classem, ventosque adspirat *eunti*. V.

CHAPITRE XIX.

APPLICATION DES NOTIONS PRÉCÉDENTES.

Ainsi que nous l'avons dit, le premier soin, pour construire un vers hexamètre, doit être de chercher les deux derniers pieds.

---

1. Voy. le *Traité de Versification latine*, p. 93.

1° Et d'abord, pour trouver le dactyle, on verra s'il n'y a pas dans la matière quelque nom singulier neutre, comme *tempus, gaudium*, qui, passant au pluriel, donnerait *tēmpŏră, gaūdĭă*. Dans ce cas, le dernier mot du vers serait un mot de deux syllabes.

Ou bien un nom singulier neutre, comme *mel, vinum*, passant au pluriel, donnerait un trochée pour le cinquième pied : *mēllă, vīnă*. Alors le mot final aurait trois syllabes, ou serait un disyllabe précédé d'un monosyllabe, comme *pĕr āgrōs*.

2° Par le même changement de nombre, on obtiendra d'autres fois un dactyle terminé par une consonne. Au lieu de *fructu, terrore*, on aura *frūctĭbŭs, tērrōrĭbŭs*.

3° On peut souvent créer un dactyle en substituant le singulier au pluriel. Ainsi, *carminibus, muneribus* donneront *cārmĭně, mūněrě*. Le même changement pourra encore produire un trochée pour le cinquième pied : *tērrŏrě*, au lieu de *terroribus*.

EXERCICE.

Nous allons appliquer ces observations à un exemple, sur lequel nous ferons un grand nombre d'essais. Soit pour matière d'un vers la phrase suivante :

Ět mātrēs prēssērūnt fĭlĭōs ăd pĕctŏră.

Remarquons d'abord que *et* et *ad* deviendront longs si on les place définitivement devant un mot commençant par une consonne. Le mot *filios* ne peut entrer dans un vers hexamètre; *pectora* sera, si l'on veut, le dactyle du cinquième pied. Comme ici tous les mots de la matière qui satis-

feront à la mesure pourront être conservés[1], comp-
tons d'abord combien nous trouvons de pieds, en
substituant provisoirement un synonyme à *filios*,
par exemple *natos :*

| 1 | 2 | 3 | 4 | 5 | 6 |

Ēt mā-|-trēs prēs-|-sērūnt | ād | pēctŏră | nātōs.

Il manque un demi-pied : le vers serait complet
si nous mettions, en donnant un synonyme à *ma-*
tres :

Ēt gĕnĭ-|-trīcēs | presse-|-runt ad | pectora | natos.

Mais ce vers est très-mauvais parce qu'il tombe
après le second pied, et n'a qu'une césure, laquelle
se trouve après le troisième pied.

Reprenons donc la matière, et voyons à combler
d'une autre façon cette lacune d'un demi-pied.
1º On peut mettre un synonyme à *et;* 2º un synonyme à *matres;* 3º un autre synonyme à *filios;*
4º on peut changer le nombre de ces deux noms;
5º ajouter une épithète à l'un ou à l'autre, et même
à tous deux; 6º donner un synonyme à *presserunt;*
7º ou seulement un équivalent, en changeant soit
la finale, soit le temps, soit le mode : *pressere,* ou
premunt, ou *premere.*

Puisqu'il ne manque au vers qu'un demi-pied,
il est clair que la moindre épithète à *matres* ou à
natos donnerait plus d'une longue : on ne pourrait
en admettre une qu'à condition d'opérer une élision. Essayons la manière suivante :

Et pres-|-serunt | matres | *mœstœ ad* | pectora | natos.

---

1. D'autres fois la matière sera trop prosaïque, et il faudra changer
tel mot ou telle tournure pour donner plus d'élégance à la phrase. Mais
ces considérations demandent déjà de l'habitude et quelque sentiment du
style poétique.

Elle présente le nombre exigé de pieds ; mais elle est défectueuse, parce que le vers manque de césure.

Si nous mettons :

Et ma-|-tres pres-|-serunt | *mœstæ ad* | pectora natos,

ce vers, qui n'aura de césure qu'après le premier pied, ne vaudra guère mieux que le précédent.

Ce défaut disparaîtrait si l'on construisait ainsi :

Et trepi-|-dæ ma-|-tres pres-|-serunt | pectora | natos.

Mais il manque dans la phrase un mot important, la préposition *ad*. En changeant *presserunt* en *pressere*, ce qui introduira une élision, on aura définitivement le vers de Virgile :

ET TREPIDÆ MATRES PRESSERE AD PECTORA NATOS.

Mais ce léger changement de *presserunt* en *pressere* peut échapper à une longue recherche ; et si l'on tient à conserver cette suite de mots, qui constitue presque au complet un vers harmonieux : *presserunt matres ad pectora natos*, on s'engage dans une route sans issue. Il faut donc s'habituer à faire sans cesse de nouveaux essais, et ne s'arrêter à rien que lorsque le vers est entièrement construit.

Si nous passons successivement par les divers changements possibles que nous avons indiqués pour le vers précédent, nous pourrons obtenir les variétés suivantes :

Et pressere
Presseruntque } suos matres ad pectora natos.

Dulciaque ad pectus presserunt pignora mátres.

Et trepidæ ad pectus { presserunt pignora matres.
natos pressere parentes.

Pignoraque ad pectus \
Et sobolem ad pectus } trepidæ pressere parentes.

Ad pectusque tremens } pressit sua \ admovit } pignora mater.

Et pressit dulces genitrix ad pectora natos.

Et tremebunda parens \
Atque parens dulces } natos ad pectora pressit.
Ac dulces genitrix /

Pressit et ad pectus { carissima pignora mater.
                     { genitrix conterrita natos.

Ad pectusque parens dulces premit anxia natos.

Et premit \
Tum premere } ad pectus dulcissima pignora mater.

Ces diverses transformations serviront à indiquer la route. On pourrait encore les multiplier, soit en restant dans les limites que nous avons indiquées, soit en faisant quelque addition à la matière, comme par exemple :

Progeniemque parens *amplexu* [1] ad pectora pressit.

- - -

CHAPITRE XX.

DES PÉRIPHRASES.

Les *périphrases* [2] ne sont que des synonymes plus étendus. Elles expriment en plusieurs mots ce qui pourrait être exprimé par un seul.

Au lieu de VER, on pourra dire *tempora veris, vernum tempus, veris dies, pars anni melior,* etc.

---

1. Voy. ci-après, p. 87, *Apposition, Incise.*
2. Voy. le *Traité de Versification latine*, p. 38.

Au lieu de NAVIGARE, on mettra : *mare, œquor, pelagus, pontum* ou *fluctus arare, sulcare, findere, proscindere, secare, trajicere, tranare,* etc.
Per mare, œquor ou *undas ferri, vehi, currere, volare,* etc.
Au lieu de *aravit,* Virgile dit :

Agricola incurvo terram dimovit aratro.

Il décrit dans une périphrase l'agitation de la mer :

Atque indignatum magnis stridoribus æquor.

Les poëtes peuvent ajouter une périphrase, comme une épithète, au sujet sous-entendu. Ex. :

Proxima deinde tenent mœsti loca, qui sibi letum
Insontes peperere manu, *lucemque perosi,*
Projecere animas. V.

Cernis ut insultent Rutuli, Turnusque feratur
Per medios insignis equis, *tumidus*que *secundo Marte* ruat. V.

Ils remplacent aussi par une périphrase un simple régime :

Hæc ubi dicta dedit, *lacrimantem et multa volentem Dicere* deseruit. V.

Au lieu de *me deseruit.*

Remarque. Réciproquement, en construisant un vers, on sentira quelquefois le besoin de remplacer une périphrase par un seul mot. Soit la matière suivante :

Aspera tum positis fient mitiora *sœcula bellis.*

Le vers est construit et le style devient plus ferme en mettant *mitescent :*

Aspera tum positis *mitescent* sæcula bellis. V.

CHAPITRE XXI.

DE L'APPOSITION ET DE L'INCISE[1].

APPOSITION. — L'*apposition* est un substantif qui sert d'attribut à un autre substantif. Cet attribut peut recevoir lui-même quelques développements. Ex. :

Effodiuntur opes, *irritamenta malorum.* O.

Et geminas, *causam lacrimis*, sacraverat aras. V.

Ite, meæ, *felix quondam pecus*, ite, capellæ. V.

L'apposition ajoute à l'idée principale une idée nouvelle, et elle contribue à la richesse du style poétique.

INCISE. — On appelle *incise* ou *phrase incidente* un membre qui forme un sens partiel, et rend plus complète l'expression de l'idée. Ex. :

Fatale aggressi sacrato avellere templo
Palladium, *cæsis summæ custodibus arcis.* V.

Pomaque degenerant, *succos oblita priores.* V.

Jamque rubescebat *stellis* Aurora *fugatis.* V.

---

1. Voy. le *Traité de Versification latine*, p. 55 et 56.

CHAPITRE XXII.

OBSERVATIONS SUR LA QUANTITÉ DES MOTS PAR RAPPORT AU VERS HEXAMÈTRE.

1° Beaucoup de mots ne peuvent entrer dans le vers hexamètre. Tels sont ceux qui présentent une brève entre deux longues, comme *cāstĭtās, mă-gnĭtūdo*, ou qui commencent par trois brèves de suite, comme *ĭnĭtĭum, ăpĕrĭant*.

2° Comme nous l'avons déjà recommandé, on doit en exclure certains mots qui ne pourraient y entrer qu'à l'aide d'une élision, comme *fīlĭī, aū-dĭam*.

3° Il ne faut pas admettre davantage ceux qui, commençant par deux ou trois consonnes dont la seconde n'est pas une liquide, demanderaient cependant une brève avant eux, comme *scĭunt, scĕles-tus, stătim, spĕi* [1].

4° Un mot de trois brèves terminé par une voyelle, comme *călĭdă*, ne peut entrer dans le vers hexamètre que moyennant une élision. Il en est de même d'un mot composé d'un dactyle et d'une brève, comme *āttŏnĭtă*.

5° Certains mots n'ont qu'une seule place dans le vers hexamètre ; d'autres en ont deux, d'autres trois, d'autres un plus grand nombre. Les mots les plus favorables sont ceux d'un trochée, *ārmă*,

---

1. Voy. ci-dessus, p. 21.

lesquels peuvent se mettre au commencement de tous les pieds ; les mots d'un spondée, *bēllĭs*, qui peuvent se mettre au commencement ou à la fin du vers, et au milieu des trois premiers pieds ; les mots d'un pyrrhique, *ĭtă*, qui peuvent se mettre au milieu des cinq premiers pieds ; enfin les mots d'un anapeste, *rĕpĕtūnt*, qui peuvent se mettre au milieu des trois premiers pieds [1].

6° Il est des mots dont la quantité pourrait entrer dans le vers hexamètre, mais qui doivent en être exclus par quelques-unes des considérations ci-dessus présentées. Ainsi le mot *ēxĭtĭōsĭs* a la quantité nécessaire pour remplir les deux derniers pieds ; mais cette manière de terminer le vers hexamètre n'est pas admise.

1° MOTS QUI N'ONT QU'UNE PLACE DANS LE VERS HEXAMÈTRE.

1	2	3	4	5	6
ĭn-	-ēxplē-	-tum			
Āmphĭtrȳ-	-ōnĭă-	-dēs			
Īndē-	-lībā-	-tās			
		mĕtŭ-	-ēntēs		
		ĭn-	-ēxtrī-	-cābĭlĭs	
			Lāŏmĕ-	-dōntĭă	
			lāmēn-	-tābĭlĕ	
				crŭ-	-ēntīs.
			tĕ-	-pēntĭbŭs	

EXPLICATION. Si l'on recule le mot *inexpletum*

---

[1]. On pourrait bien mettre encore, au milieu du quatrième pied, *repetuntque*, faisant un trochée dans le cinquième ; mais ici l'enclitique forme, avec le verbe, un mot de quatre syllabes.

seulement d'un pied vers la fin, le vers n'aura plus les césures suffisantes :

Mœstàque | deflet in-+-exple-|-*tum* [1].

De même, si l'on met *Amphitryoniades* au second pied, la césure ne viendra qu'au quatrième :

Et vĕnit | Amphitry-|-onia-|-des.

Placez *indelibatas* dans la seconde moitié du vers, le défaut de césure se fera encore sentir :

   1   2   3
   | | inde-+-liba-+-tasque vi-+-debat.

Il en sera de même si l'on avance *inextricabilis* d'un pied :

 1   2   3   4   5   6
 | in-+-extri-+-cabilis | impulit | ardor.

Le vers manquera également de césure [2] si l'on met *cruentis* au quatrième pied :

 1   2   3   4   5   6
 | lăcĕ-+-ratque cru-+-entis | dentibus | hostem.

Il en manquera à plus forte raison si l'on met ce mot au second ou au troisième pied :

Discerpitque cruentis victum dentibus hostem.

Atque cruentis confodiunt mucronibus hostem.

---

1. On pourrait bien, à la rigueur, introduire une césure après le premier pied :

    Tum mœrens, et inexpletum...

Mais, dans ce cas même, le grand mot introduit au milieu du vers fait un mauvais effet.

2. On dit qu'un vers *manque de césure* quand il n'en a qu'une, soit après le premier pied, soit après le troisième.

Pareillement, si l'on met·le mot *tĕpentibus* au second, au troisième ou au quatrième pied, le vers péchera par défaut de césure.

2° MOTS QUI N'ONT QUE DEUX PLACES DANS LE VERS.

1	2	3	4	5	6
			fŏr-	-mīdĭnĕ	
			nĭtĭ-	-dīssĭmă	
		fŏr-	-mīdĭnĕ		
		nĭtĭ-	-dīssĭmă		
Ēxspătĭ-	-ātă				
Īndē-	-flētă				
			ēxspătĭ-	-ātă	
			īndē-	-flētă	
		ĭn-	-hōspĭtă		
			ĭn-	-hōspĭtă	
		ă-	-pērtōs		
				ă-	-pērtōs.

EXPLICATION. Si l'on avance *formidine* d'un pied, le vers manque de césure :

1	2	3	4	5	6
	for-⊢-midine	debel-⊢-laverat	hostes.		

Il en sera de même si l'on recule *indefleta* d'un pied :

1	2	3	4	5	6
		inde-⊥-fleta ca-⊢-debat in	urbe.		

Encore le même défaut dans les vers suivants :

1	2	3	4	5	6
Et per in-	-hospita	saxa ru-	-it.		
Atque ru-	-unt per a-	-pertos	turbida	flumina	campos.

2° MOTS QUI N'ONT QUE TROIS PLACES DANS LE VERS.

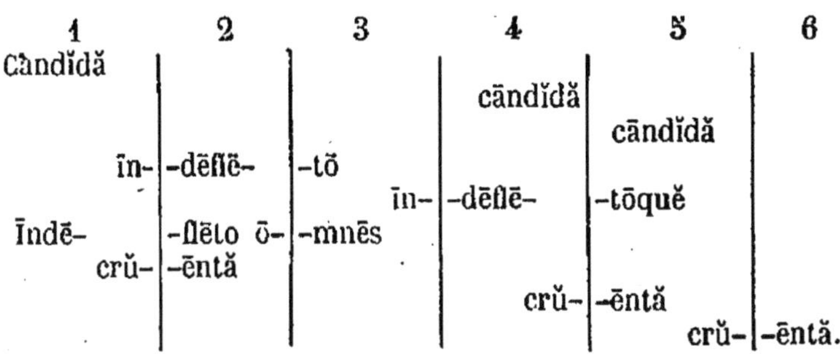

1	2	3	4	5	6
Cāndĭdă					
			cāndĭdă		
				cāndĭdă	
in-	-dēflē-	-tŏ			
		īn-	-dēflē-	-tōquĕ	
Īndē-	-flēto ō-	-mnēs			
crŭ-	-ēntă				
			crŭ-	-ēntă	
				crŭ-	-ēntă.

EXPLICATION. La raison est toujours la même . en attribuant d'autres places à ces différents mots, on fera des vers sans césure. Bornons-nous à deux exemples :

Et jam *candida* prata nivis velantur amictu.
Atque nivis jam *candida* prata teguntur amictu.

Ainsi le mot *candida* ne peut être mis ni au second pied, ni au troisième.

4° MOTS QUI ONT QUATRE PLACES DANS LE VERS.

1	2	3	4	5	6
Et rĕvŏ-	-lūtă				
	rĕvŏ-	-lūtă			
		rĕvŏ-	-lūtă		
			rĕvŏ-	-lūtă	
Et vărĭ-	-ōs				
	vărĭ-	ōs			
		vărĭ-	-ōs		
			vărĭ-	-ōsquĕ	
Ēxŏrĭ-	-tur [1]				
	ēxŏrĭ-	-tur			
		ēxŏrĭ-	-tur		
			ēxŏrĭ-	-tūrquĕ	

1. Le mot suivant devra commencer par une consonne.

On finirait mal le vers par *revoluta, variosque*[1],
exoriturque.

CHAPITRE XXIII.

DE LA CONSTRUCTION GRAMMATICALE.

La poésie jouit de plus de liberté que la prose
sous le rapport de la construction grammaticale
Dans un vers précité :

Objectos caveæ valuit *si* frangere clathros. **H.**

on a vu la conjonction *si* placée le quatrième mot,
tandis qu'en prose elle devrait être le premier.

Outre ces facilités, particulières à la poésie, et
que l'usage apprendra[2], il est des changements
dans la construction que la prose admettrait. Il
faut, avant tout, bien comprendre la matière, afin
d'opérer au besoin les transpositions sans altérer
ni obscurcir le sens.

Ainsi, dans la phrase suivante, on serait fort
embarrassé pour construire le vers si l'on ne son-
geait à un déplacement tout simple :

Tot nati cecidere Deûm; quin mea progenies,
Sarpedon, occĭdit unā. L'apposition peut être
transposée. Ex :

Tot nati cecidere Deûm; quin occĭdit unā
Sarpedon, *mea progenies.* **V.**

---

1. Voy. ci-dessus, p. 72.
2. Voy. le *Traité de Versification latine*, p. 63.

Autres exemples :

Aeriæ fugêre grues ; aut bucula patulis naribus captavit auras, cœlum suspiciens :

> Aeriæ fugêre grues; aut bucula, *cœlum*
> *Suspiciens*, patulis captavit naribus auras. V.

In sicco ludunt fulicæ, notasque paludes deserit, atque supra altam nùbem volat :

> In sicco ludunt fulicæ, notasque paludes
> Deserit, atque altam supra volat *ardea* nubem. V

La poésie latine s'éloigne sensiblement de la prose quant à l'arrangement des mots[1]. Pour n'en citer qu'un exemple, celle-ci rapproche l'adjectif de son substantif; la poésie, au contraire, aime à les isoler. La lecture des grands modèles aura bientôt familiarisé avec les exigences de la construction poétique.

Prenons pour exercice la matière suivante :

Muros longo bello defendere assueti.

Ce vers peut se construire de bien des manières. Par exemple :

> Assueti bello muros defendere longo.
> Assueti muros bello defendere longo.
> Muros assueti bello defendere longo.
> Assueti longo bello defendere muros.
> Assueti bello longo defendere muros.

Mais tous ces vers offrent quelque chose à reprendre : dans les uns le dernier pied est rempli par une épithète, *longo ;* dans les autres l'épithète

---

1. Pareillement en français l'inversion donne une couleur particulière à la poésie.

se trouve à côté du substantif, *longo bello*. Ces défauts seraient évités de la manière suivante :

Muros assueti longo defendere bello.

Mais ce n'est pas encore là le meilleur arrangement. On obtiendrait une césure de plus en mettant :

Assueti muros longo defendere bello.

Enfin le vers de Virgile est encore préférable :

ASSUETI LONGO MUROS DEFENDERE BELLO.

Outre qu'il contient trois césures, il présente l'épithète du deuxième pied en corrélation avec le substantif du sixième, arrangement que les poëtes latins ont évidemment recherché[1].

CHAPITRE XXIV.

DE LA CONSTRUCTION DU VERS PENTAMÈTRE[2].

Nous avons fait connaître ci-dessus[3] la composition du vers *pentamètre*. Il a deux hémistiches égaux, de deux pieds et demi chacun.

Il doit finir par un mot de deux syllabes, comme

---

1. Les exemples en sont infinis. En voici quelques-uns que je trouve à livre ouvert :

Jamque jugis *summæ* surgebat Lucifer Idæ. V.
Qualis *populeâ* mœrens philomela sub umbrâ. V.
Constitue, et *sacrum* jugulis demitte cruorem. V.
Atque *Ixionii* vento rota constitit orbis. V.

2. Voy. le *Traité de Versification latine*, p. 205 et suiv.
3. Page 13.

sŭīs, vŏcŏ, vĕnĭt. Ce mot est moins souvent terminé par une voyelle brève, comme *sŭă*.

Pour construire un vers pentamètre, il faut d'abord s'occuper de chercher le second hémistiche. Voici comment on peut le composer :

> Tērrĭtŭs īllĕ fŭgĭt.
> Mātĕr ănhēlă fŭgĭt.
> Ēt trĕmĕfāctă fŭgĭt.
> Ēxănĭmātă fŭgĭt.

On finit quelquefois par un monosyllabe précédé d'un autre monosyllabe, ou par le verbe *est* précédé d'une élision. Ex. :

> Laus erit : in magnis et voluisse *sat est*. PROP.
>
> Nutrit, et urticæ proxima sæpe *rosa est*. O.

Le vers pentamètre ne doit pas *enjamber* sur le vers hexamètre, c'est-à-dire qu'il faut un repos après chaque distique, et qu'on ne peut rejeter des mots du pentamètre dans l'hexamètre.

Mais on peut et on doit même de temps en temps rejeter des mots de l'hexamètre dans le pentamètre. Ces rejets sont ordinairement un dactyle[1], ou un pied et demi, ou deux pieds et demi.

OBSERVATIONS. Certains mots se prêtent mieux que d'autres à la construction du vers pentamètre ; il en est qui ne peuvent jamais y être admis.

1° Les mots exclus du vers hexamètre le sont également du vers pentamètre. Tels sont *māgnĭtŭdo, sānĭtās, tĕmĕrĭtas*, etc.

2° De plus, les mots d'une longue et un dactyle, comme *vēlāmĭnĕ, īntērrŏgăt;* ou d'une brève

---

1. Quelquefois un trochée.

et un dactyle, comme *căcūmĭnĕ*, *rĕpōnĕrĕt*, ne peuvent entrer dans le vers pentamètre.

3° Les mots de quatre longues, ou d'une brève et trois longues, ne sont reçus que dans le premier hémistiche. Ex. :

> Ter *formidatas* reppulit ille manus. O.
>
> Tractet *inauratæ* consona fila lyræ. O.

Les mots d'une brève, un dactyle et une longue, sont admis à la même place. De plus, on les trouve quelquefois dans le second hémistiche. Ex. :

> Pone *recompositas* in statione comas. O.
>
> Lis est cum formâ magna *pudicitiæ*. O.

4° Un mot d'un anapeste, comme *ŏcŭlīs*, ne peut entrer que dans le premier hémistiche[1]. Ex :

> Dum *loquitur*, vernas efflat ab ore rosas. O.
>
> Quòd præstant *oculis* omnia tuta suis. O.

5° Un mot d'un dactyle n'a de place qu'au commencement des deux hémistiches :

> *Casibus* insultas quos potes ipse pati. O.
>
> Invenies nitidum *sæpius* isse diem. O.

6° Les mots de trois longues, comme *cōntēntī* ne sont admis qu'au premier ou au second pied :

> *Contenti* nostris, Dî, precor, este malis. O.
>
> Victaque *mutati* frangitur ira maris. O.

Il en est de même des mots d'un dactyle et d'une longue. Ex. :

> *Dimidiâ* certè parte superstes ero. O.

---

1. Un semblable mot terminerait très-mal le vers.

Nuper ab *exsequiis* carmina rapta meis. O.

Très-rarement ces mots se rencontrent à la fin du vers :

Forma nihil magicis utitur *auxiliis*. O.

7° Les mots composés d'un dactyle et d'un trochée, comme *prōdĭtĭōnĕ*, peuvent être placés au commencement de chaque hémistiche. Ex. :

Alloquioque juva pectora nostra tuo. O.

Natalem libo *testificare* tuum. O.

8° Les deux mots suivants, qui forment un hémistiche entier, ne peuvent aller qu'au commencement du vers :

Incustoditum captat ovile lupus. O.

Hellespontiacas illa reliquit aquas. O.

9° Ainsi que dans l'hexamètre, on rapproche élégamment deux épithètes dans la première partie du pentamètre :

Purpureas tenero pollice tange genas. O.

Raucaque concussæ signa dedêre fores. O.

CHAPITRE XXV.

TABLEAU DES DIFFÉRENTS PIEDS.

PIEDS DE DEUX SYLLABES

Le Pyrrhique ou Pariambe,	căsă.
Le Trochée ou Chorée,	ārmă.
L'Iambe,	èrănt.
Le Spondée,	fūndūnt.

PIEDS DE TROIS SYLLABES.

Le Tribraque ou Brachysyllabe,	făcĕrĕ.
Le Dactyle,	cōrpŏră.
L'Anapeste,	căpĭūnt.
L'Amphibraque,	ămōrĕ.
Le Crétique ou Amphimacre,	fīlĭōs.
Le Bacchius,	rĕpōnūnt.
L'Antibacchius ou Palimbacchius,	dēscēndĕ.
Le Molosse,	cōntēndūnt.

PIEDS DE QUATRE SYLLABES.

Le Procéleusmatique,	rĕfĭcĕrĕ.
Le Dispondée,	cōnflīxērūnt.
Le Diiambe,	sĕvērĭtās.
Le Ditrochée ou Dichorée,	cōmprŏbārĕ.
Le Choriambe,	tērrĭfĭcănt.
L'Antispaste,	sĕcūndārĕ.
L'Ionique majeur,	mēndācĭă.
L'Ionique mineur,	vĕnĕrārī.
Le Péon 1ᵉʳ,	cōnfĭcĕrĕ.
2ᵉ,	pŏtēntĭă.
3ᵉ,	sŏcĭārĕ.
4 ,	cĕlĕrĭtās.
L'Épitrite 1ᵉʳ,	ămāvērŭnt.
2ᵉ,	cōncĭtārī.
3ᵉ,	frūgālĭtās.
4ᵉ,	rēspōndērĕ.

Ainsi il y a vingt-huit pieds: quatre de deux syllabes; huit de trois syllabes et seize de quatre syllabes.

NOTES.

———

Sur la quantité de U final.

Il n'est pas dans les Prosodies de règle plus simple et plus positive que celle qui concerne *u* final.

> *U* semper produc,

dit Despautère, et tous les auteurs de traités répètent après lui cette sorte d'axiome. Il reconnaît cependant que les grammairiens latins ne sont pas d'accord sur ce point.

Ainsi que je l'ai fait remarquer, la raison ordinaire de l'allongement de cette finale est l'existence d'une contraction ou la substitution de la voyelle *u* à la diphthongue *ou* des Grecs. Despautère cite fort mal à propos le mot *Iesu* à l'appui de sa règle générale ; car, pour ce cas, personne ne le conteste. La question est de savoir si la même finale est longue quand il n'y a ni contraction ni remplacement de diphthongue. Cette question n'a pas été examinée par les prosodistes modernes. Après bien des recherches, j'ai trouvé le problème à peu près insoluble ; mais il ne sera pas sans intérêt d'exposer les arguments sur lesquels reposent les deux opinions contraires.

U final est bref :

1° Parce que *genu* est calqué sur le mot grec γόνυ. Or comment l'*u* serait-il bref dans celui-ci et long dans celui-là ? Les Latins ont conservé la quantité du grec quand ils ont converti l'*u* en *y* : ainsi ils abrégent la finale dans *moly, Æpy, Dory*. De là à *genu* il n'y a qu'un pas, ou plutôt ces deux cas sont identiques.

2° Parce que plusieurs grammairiens latins l'établissent positivement dans un grand nombre de passages ;

3° Parce que, suivant une judicieuse remarque de Valerius Probus, les noms neutres ont trois cas semblables, dont la dernière syllabe est toujours brève ;

4° Enfin parce que dans un vers de Cicéron le mot *genu* est un pyrrhique (deux brèves).

D'un autre côté, *U* final est long :

1° Parce que Priscien adopte et défend avec détail cette opinion ;

2° Parce que *genu* est un iambe dans trois vers cités par les grammairiens.

Produisons maintenant les témoignages. Citons d'abord les auteurs favorables au premier système :

On lit dans DIOMÈDE, I, p. 286 (*Putsch*) :

« Bipartita (nominum forma) est quæ alternâ casuum productione correptioneque variatur, ut *genu, cornu, gelu*. Hæc enim duobus modis tantùm in declinatione variantur, quod quidem productione et correptione distinguimus. Nam in nominativo, accusativo, vocativo, correptâ *u* proferentur; in genitivo, dativo, ablativo, productâ. »

VAL. PROBUS, p. 1476, dit :

« *U* litterâ nomina terminata omnia neutra sunt quartæ declinationis; *u* terminantia genitivum et dativum et ablativum, sed producto ; nominativum, accusativum et vocativum *u* terminant, sed correpto, ut hoc *cornu, genu, gelu, veru*, et si qua talia. »

Dans un autre endroit, le grammairien soutient une autre doctrine ; cependant elle se rapproche de la précédente dans une partie des conclusions. C'est à la page 1392 :

« Nominativum singularem aptoti nominis, neutri generis, *u* litterâ terminatum, in poemate aliquo non faciliùs invenies; ut si facias, *hoc cornu, hoc genu,* vel *hoc gelu*. Nam hæc nomina apud Virgilium septimo casu inveniuntur. Verumtamen, si nominativum casum collocare volueris, ultimam hanc syllabam longam ponito, quoniam necesse est in ablativo eam produci [1], ut Tullius in Arato :

Jam Tauri lævum *cornu* dexterque simul pes

« Ibidem et corripuit, ut,

Hâc propter lævum *genu* Nisi parte locatus.

« In ablativo tamen sine ambiguitate producitur. »

---

1. La raison n'est pas concluante.

Enfin, p. 1398, il dit ne vouloir pas revenir sur cette discussion, mais il ajoute :

« Scire autem oportet quòd, in generibus neutris græcis latinisque, tres casus similes sui, nominativus, accusativus et vocativus, utroque numero ultimam syllabam brevem habent. »

SERGIUS, p. 1844 :

« Diptota ubi duæ (formæ sunt), ut *cornu, genu;* nam nominativus, accusativus et vocativus corripiuntur; alii tres (casus) producuntur, id est genitivus, dativus, ablativus. »

METRORIUS MAXIMUS, *Classic. Auct.*, ed. Maï, t. III, p. 507 :

« *U* terminatus corripitur, ut *cornu.* »

Voici maintenant les autorités en faveur de l'allongement de la même finale.

On a déjà vu, dans un des passages de Probus, un exemple de Cicéron dans lequel *cornu* est un spondée. Le mot *genu* a également la finale longue dans un vers de Virgile :

Nuda *genu*, nodoque sinus collecta fluentes. (*Æn.* I, 320.)

On lit encore dans Ovide .

Opposuitque *genu* costis, prensamque sinistrâ
Cæsariem retinens. (*Met* XII, 347.)

Dextroque a poplite lævum
Pressa *genu*, digitis inter se pectine junctis. (*Ib.*, IX, 298.)

Delituit, flexumque *genu* submisit; at ille. (*Ib.*, IV, 340.)

Je néglige un quatrième passage (*ibid.*, X, 536), dont la leçon est fort incertaine.

Par malheur, un seul des exemples d'Ovide est confirmé par un témoignage formel. Mais une difficulté se présente ici, et dans beaucoup d'autres cas analogues : les noms neutres en *u* avaient en même temps une forme en *us*, qui était du masculin, et quelquefois du neutre, puis une autre forme neutre en *um*. Cicéron emploie *genus*, au lieu de *genu*. Il dit (*Arat.* 403) ·

Hic *genus* et suram cum Chelis erigit altè.

Il dit encore (ap. *Prisc.* VI, p. 685) :

Tertia sub caudâ ad *genus* ipsum lumina pandit.

De même Lucilius, cité par *Nonius* (III, 103; p. 207, Merc.) :

. . . . . Ut nobis talu' *genus*que est.

Or on sait combien, dans les manuscrits, la différence entre *genum* et *genu* tient à peu de chose, et l'on ne peut affirmer qu'ils soient corrects dans tous les exemples précités d'Ovide.

De même, *cornus* était employé ainsi que *cornu*. Nous lisons dans beaucoup d'éditions d'Ovide :

Respicit, et dextrâ *cornu* tenet; altera dorso. (*Met.* II, 874.)

Mais la faute des manuscrits doit être corrigée par le témoignage de Priscien, qui dit expressément (VI, p. 685) : « Ovidius in secundo *Metamorph.* : Dextra tenet cornum. »

Les éditeurs les plus recommandables rectifient pareillement un passage de Lucrèce (II, 388) :

Præterea lumen per *cornum* transit,

et non *cornu.*

Priscien (*loco cit.*) produit un autre vers d'Ovide où le mot neutre *cornum* est employé dans le sens d'*arc;* ce qui n'empêche pas beaucoup d'éditeurs de donner *cornu :*

Oppositoque genu curvavit flexile *cornum.* (*Met.* V, 383.)

D'où l'exemple suivant de Virgile, qu'on pourrait nous alléguer, perd toute valeur :

Deprompsit pharetrâ, *cornuque* infensa tetendit. (*Æn.* XI, 859.)

Je ne pense pas que l'éditeur qui mettrait ici *cornum* encourût le moindre reproche. Pour moi, je crois que c'est la vraie leçon.

Rapportons encore un dernier passage d'Ovide :

Nec ventus fraudi, sol-ve, *gelu-ve* fuit. (*Nuce,* 106.)

Mais nous rencontrons toujours la même difficulté : à côté de *gelu,* il y avait le nom masculin *gelus* et le nom neutre *gelum.* Voy. Lucrèce, V, 206; VI, 155 et 827. Priscien (VI, 685) le remarque également : « *Lucretius in sexto,* gelum. »

Toutefois, si nous avons des doutes sur la plupart des passages où un neutre en *u* a cette finale longue au nominatif ou à l'accusatif, deux passages ont en leur faveur la grave autorité de Priscien.

Voici comment il traite cette question (VII, p. 777) :

« Quarta declinatio terminationes habet in nominativo duas, in

us correptam et in *u*. In *us* masculinorum et femininorum
tantummodo latinorum, ut *hic senatus, hujus senatûs; hæc
manus, hujus manûs*. In *u* neutrorum, quæ indeclinabilia sunt
in singulari numero, ut *hoc genu, hujus genu; hoc cornu, hujus
cornu*. In quibus quamvis quibusdam Artium scriptoribus videa-
tur temporum esse differentia (dicunt enim nominativum quidem
et accusativum et vocativum corripi, reliquos verò produci), ego
tamen in usu pariter in omnibus produci invenio casibus hæc
nomina, nec irrationabiliter. Omnis enim in quâcumque parte
terminatio in *u* desinens producitur, ut *fluctu, Panthu, tu, diu.*
Ovidius in IX *Metamorphoseon :*

> . . . . . . Dextroque a poplite lævum
> Pressa *genu*, digitis inter se pectine junctis.

« Ecce enim hic accusativus est sine dubio, et producitur.
Apud Virgilium quoque in I *Æneidos :*

> Nuda *genu*, nodoque sinus collecta fluentes.

« Quomodo enim *sinus collecta* accusativum junxit nominativo, sic etiam *nuda genu*. »

Enfin (XVIII, p. 1178) il revient sur la même citation, et présente un rapprochement lucide :

« 'Εκκέκοπται τὸν ὀφθαλμόν. Virgilius huic simile in primo
Nuda genu, nodoque sinus collecta fluentes. »

Ajoutons encore un témoignage d'une moindre importance,
celui de MARTIANUS CAPELLA (III, p. 65) :

« *U* terminatus longus, ut *cornu*. »

Que conclure de toute cette discussion? Qu'au nominatif et à
l'accusatif *u* final est commun? Tout au contraire, je persiste
dans mon opinion, et recommanderai de ne faire usage ni de
l'une ni de l'autre quantité. Il est de toute évidence que les
poëtes latins se sont arrangés pour mettre presque toujours à
l'ablatif les substantifs en *u* : tel est aussi l'emploi qu'il convient
d'en faire. On peut encore placer *cornu* (nomin. et accus.) à la
fin du vers hexamètre, et *gelu* à la fin du pentamètre.

PAGE 37.

Sur la quantité des finales en M.

Je vais encore attaquer ici, et cette fois avec l'assurance d'un plein succès, un de ces préjugés tellement enracinés, du moins en France, qu'il semble téméraire d'entreprendre une tâche aussi difficile. Tous les dictionnaires poétiques, depuis celui de Vanière jusqu'à celui de Noël, toutes les prosodies qui ont été ou sont en usage dans les colléges, ont toujours assigné la quantité longue aux finales en *M*, et aucun doute n'a été élevé à cet égard. Cependant l'Allemagne et l'Angleterre ne partagent pas cette erreur, et je m'étonne que l'opinion de nos voisins ne soit jamais venue troubler notre aveugle sécurité.

Lorsque, dans mon *Thesaurus poeticus*, je restituais aux finales en *M* leur véritable quantité, je n'ignorais pas que j'étonnerais bien des lecteurs, même des savants : aussi avais-je eu d'abord l'intention d'exposer dans ma préface les raisons de ce changement. Je ne l'ai pas fait, espérant que mon livre passerait le Rhin et la Manche, et craignant alors de montrer à nos voisins quelles choses avaient encore besoin de preuves dans notre pays. Je ne puis dire quelle rumeur cette rectification a excitée : ici l'on me soumettait à un interrogatoire bienveillant ; là on pensait que j'avais peut-être quelque autorité dont je pouvais me prévaloir, mais que j'aurais dû respecter une vieille croyance, et que j'avais été mû surtout par le désir de me singulariser. J'ai appris que des professeurs ont fait de cette innovation un grief contre l'ouvrage, et même un motif d'exclusion : heureusement le suffrage des juges éclairés m'a consolé des critiques de l'ignorance suffisante et imperfectible.

Ce que je n'ai pas voulu faire dans un livre que les étrangers n'ont pas dédaigné, je puis le faire dans cet humble opuscule. J'exposerai ici mes motifs, en quelque sorte à huis clos, moins pour réduire au silence des Aristarques dont je fais peu de cas, que pour venir en aide aux personnes qui, sans avoir étudié la question, ont bien voulu me croire sur parole.

En cherchant les raisons qui ont pu convertir en axiome l'erreur que je combats, je n'ai pu trouver que celle-ci : « Les finales en *m* sont longues par nature, parce qu'on ne les trouve que longues dans les vers latins, quand elles ne sont pas élidées. » Mais la quantité d'une langue préexiste à sa versification : quand même les poëtes latins n'auraient pas employé le mot *ôs*, visage, et le mot *os*, os; ou quand même ces mots, suivis l'un et l'autre d'une consonne, auraient eu également dans deux vers la quantité longue, il n'en resterait pas moins vrai que le premier était long par nature, et le second bref par nature. Voilà ce qui donne quelque importance à la question dont nous nous occupons; car, du reste, dans les vers latins, les finales en *m* ne sauraient conserver la quantité brève. Mais il s'agit de constater une vérité : les Latins faisaient-ils par la prononciation ces finales brèves ou longues? C'est aux Latins, ce me semble, qu'il faut le demander, et je m'étonne qu'un témoignage si facile à obtenir ait été si peu invoqué. Je vais bientôt le produire; mais, auparavant, je veux présenter quelques considérations générales.

Les critiques dont j'ai suivi l'opinion donnent, pour prouver la brièveté de ces finales, une raison spécieuse. Ils disent qu'elles s'élident bien en général, mais qu'on les retrouve avec leur quantité propre dans les anciens poëtes, et dans des composés que la langue a conservés, tels que *circumeo*, *circumago*, *comitor*, *comedo*. Voici d'anciens exemples :

> Insignito ferè tum millia *militum* octo
> Duxit, delectos belli tolerare labores. ENNIUS.
> Dum *quidem* unus homo Româ totâ superescit. ID.
>
> Prætextæ ac tunicæ, Lydorum opu' *sordidum* omne. LUCIL.
>
> *Vomerem* atque locis avertit seminis ictum. LUCRET.
> Namque *papaverum* aura potest suspensa levisque. ID.

Cette quantité se trouve même une fois dans Horace :

> Cocto *num* adest idem?

On voit le même archaïsme se reproduire à l'époque de la décadence; car on lit dans Terentianus Maurus (p. 2395 *Putsch*) :

> Bina productas hebere nec minùs *compertum* est,

vers trochaïque *septenarius*, qui a un trochée, avant *est*. On le rencontre plus tard encore dans Vénance Fortunat (X, 6, 115) :

> Ut *cum* adhuc cinere adspersus foret atque favillis.

Bien que je partage cette manière de voir, je dois avouer que l'argument n'est pas sans réplique; car il arrive très-fréquemment que des longues soient abrégées dans la composition quand le second élément du composé commence par une voyelle. Ainsi *pro* et *de*, prépositions longues, donnent cependant *proa-*

vus, proinde, dehinc, dehisco, præustus. Même objection pour *militum octo;* il n'est pas sans exemple qu'une voyelle longue ou une diphthongue terminant un mot devienne brève quand le mot suivant commence par une voyelle. On se rappelle les exemples de Virgile : *Te Corydon, o Alexi; Rhodopeiæ arces; insulæ Ionio.* Je renonce donc à un argument qui n'est pas péremptoire.

Mais raisonnons par induction. Les finales *um* en latin n'étaient autre chose que les finales *on* du grec : les mots *ovum* (qu'on écrivait *ovom*), *antrum, Ilium, Antium, Byzantium, Glycerium,* etc., sont de pures transcriptions du grec : comment se ferait-il que, contrairement à un principe qui est presque sans exception, la quantité latine différât ici de la quantité grecque ?

Passons maintenant aux témoignages positifs. J'aurais trop à faire si je voulais produire tous les passages où les grammairiens latins ont établi la quantité des finales en *m;* je me con tenterai d'en citer quelques-uns.

DIOMÈDE, p. 491 (*Putsch*) :

« Omnia nomina accusativo casu singulari corripiuntur. — *Id.,* 492. Omnia nomina trium generum, casu genitivo plurali, quibuscumque syllabis terminata, corripiuntur. »

SERVIUS, p. 1803 (*Putsch*) :

« *Um* terminatus brevis est, ut *tectum;* licèt arduum sit hujus rei exempla reperire, eo quòd hæc littera sæpe, inter vocales posita, deficit. — *Id.,* p. 1805. Accusativus singularis in latinis brevis est, ut *molem.*— *Id.,* p. 1806. Genitivus pluralis in latinis brevis est, ut *montium, cornuum, virtutum, Græcorum.* — *Id.,* p. 1807. *M* quæ finiuntur correpta sunt, ut *legebam.* »

PRISCIEN, p. 781 :

« Accusativus a nominativo fit, mutatâ *S* in *M,* et necessario correptâ *E* (nunquam enim ante *M* terminalem longa invenitur vocalis), ut hanc *meridiem,* hanc *rem.* — *Id.,* p. 1291. *Um* terminata breviantur, ut *Sophronium, Abrotonium, Dorcium, Philotium.* »

J'ai noté plus de soixante passages dans lesquels Valerius Probus établit le même principe. Je me borne à transcrire les suivants :

VAL. PROBUS, p. 1392 :

« Nominativus singularis *M* litterâ terminatus semper brevem facit. — *Id.*, p. 1398. *M* litterâ terminatus accusativus in omni genere semper brevem habet. — *Id.*, p. 1401. Genitivus pluralis semper brevem habet latino seu græco nomine. — *Id.*, p. 1403. Accusativus *illum* trochæum recipit. »

Bien des fois, comme dans ce dernier passage, le même grammairien donne la quantité positive de mots terminés en *M*. Ainsi il compte un trochée dans *talem, qualem, istum, hŏrum, harum, olim, partim, tractim, coram*; un pyrrhique dans *eum, eam, suum, suam, quidem, palam*; un dactyle dans *audiam*; un tribraque dans *rapiam, utinam, iterum*; un amphibraque dans *eorum, earum, suorum, suarum, secundum*; un ditrochée dans *separatim*, etc.

Martianus Capella, p. 65 (ed. *Grot.*) :

« *M* terminatus brevis est, ut *tectum*; licèt hujus rarò occurrat exemplum, quia, inter vocales *M* deprehensum, velut metacismi asperitate, subtrahitur. — *Id.*, p. 66. Accusativus singularis in latinis brevis est, ut *doctum*. — *Id.*, p. 67. Genitivus pluralis brevis est, ut *doctorum*. — *Ibid*. Accusativus singularis corripitur, ut *illum*

On avouera sans doute qu'ayant devant les yeux tous ces témoignages, et bien d'autres encore, je devais, au risque de blesser une idée reçue, assigner aux finales en *M* leur véritable quantité.

FIN.

Bourloton. — Imprimeries réunies, A, 2, rue Mignon, Paris.

LIBRAIRIE HACHETTE ET Cie

Traité de versification latine, à l'usage des classes supérieures des lettres, par L. Quicherat. 1 vol. in-12, cartonné,   3 fr.

Thesaurus poeticus linguæ latinæ ou Dictionnaire prosodique et poétique de la langue latine, contenant tous les mots employés dans les ouvrages ou les fragments qui nous restent des poètes latins, par le même auteur. 1 volume grand in-8°, cartonné,   8 fr. 50

Relié en basane,   9 fr. 50

Dictionnaire latin-français, rédigé sur un nouveau plan, où sont coordonnés, revisés et complétés les travaux de Robert Estienne, de Gessner, de Scheller, de Forcellini, et de Freund, et contenant plus de 1500 mots, qu'on ne trouve dans aucun Lexique publié jusqu'à ce jour, par L. Quicherat et A. Daveluy; suivi d'un *Vocabulaire latin-français des noms propres de la langue latine*, par L. Quicherat. 1 vol. grand in-8°, cartonné,   9 fr. 50

Relié en basane,   11 fr.

Le *Vocabulaire* séparément, broché,   2 fr. 50

Addenda lexicis latinis. 1 volume grand in-8°, broché,   7 fr. 50

Dictionnaire français-latin, composé sur le plan du Dictionnaire latin-français et tiré des auteurs classiques latins pour la langue commune, et des auteurs spéciaux pour la langue technique, des Pères de l'Église pour la langue sacrée et du Glossaire de Du Cange pour la langue du moyen âge, par L. Quicherat. 1 vol. grand in-8°, cartonné,   9 fr. 50

Relié en basane,   11 fr.

Lexique latin-français, à l'usage des classes élémentaires, extrait du Dictionnaire français-latin de MM. Quicherat et Daveluy, et augmenté de toutes les formes de mots irréguliers ou difficiles, par E. Sommer. 1 vol. in-8°, cartonné,   3 fr. 75

Relié en basane.   4 fr. 75

Lexique français-latin, à l'usage des classes élémentaires, extrait du Dictionnaire français-latin de M. Quicherat, et augmenté de toutes les formes de mots irréguliers ou difficiles, par E. Sommer. 1 vol. in-8°, cart. 3 fr. 75

Relié en basane,   4 fr. 75

Nonius Marcellus : *De compendiosa doctrina.* Édition préparée avec le secours de cinq manuscrits du neuvième et du dixième siècle, inconnus aux précédents éditeurs, par M. L. Quicherat, membre de l'Institut. 1 vol. grand in-8°, broché,   15 fr.

Introduction *à la lecture de Nonius Marcellus.* In-8°.   1 fr. 25

4527. — BOURLOTON. — Imp. réunies, A, rue Mignon, 2, Paris.